Raisons et Sentiments

Ilaria Gaspari

RAISONS ET SENTIMENTS

PRENDRE L'AMOUR AVEC PHILOSOPHIE

Traduit de l'italien
par Romane Lafore

PLON
www.plon.fr

Titre original :
RAGIONI E SENTIMENTI. L'AMORE PRESO CON FILOSOFIA.

92, avenue de France
75013 Paris
www.plon.fr – www.lisez.com

Mise en pages : PCA
Dépôt légal : janvier 2024
ISBN : 978-2-259-31676-7

Qu'est-ce qui me pousse à jouer ce clown

PIETRO : Ne sois pas bête. Tu étais seule, c'est vrai, sans argent, sans travail, et tu te désespérais, mais je n'avais pas pitié de toi. Je n'ai jamais ressenti, en te regardant, la moindre pitié. J'ai toujours ressenti, en te regardant, une grande allégresse. Et je ne t'ai pas épousée parce que j'avais pitié de toi. Du reste, s'il fallait épouser toutes les femmes qui nous font pitié, tu imagines. On aurait des harems.

GIULIANA : Oui. Ce n'est pas faux. Et pourquoi tu m'as épousée, alors, si ce n'est par pitié ?

PIETRO : Je t'ai épousée par allégresse. Tu ne le sais pas, que je t'ai épousée par allégresse ? Mais si. Tu le sais très bien.

NATALIA GINZBURG, *Je t'ai épousée par allégresse*

Sommaire

Avant-propos

Amour (subst. masc.) : Folie temporaire qui peut se guérir par le mariage.
AMBROSE BIERCE

Sur ce point, les normes typographiques étaient très claires. On n'écrivait pas *Philosophie* avec une majuscule. Et alors, me direz-vous à juste titre, pourquoi n'en as-tu fait qu'à ta tête et l'as-tu écrit avec une majuscule jusque dans le sous-titre ?

Eh bien figurez-vous que précisément, la protagoniste de ce livre est la Philosophie, avec un P majuscule. Mais pas en signe de déférence, ou parce qu'elle se donnerait des airs, non, tout le contraire ! Si cette Philosophie porte une majuscule, c'est parce qu'elle est *vraiment* la protagoniste du livre, au sens où elle est un personnage.

Il s'agit, comme vous l'aurez peut-être deviné, d'une allégorie. Elle a un peu perdu la main, présente quelques névroses – comme on dit souvent, elle « pense trop » – et a développé au fil des années une série de dépendances pathologiques et une légère tendance à prendre la mouche. Elle peut être dure, mais il faut dire qu'il y a bien longtemps qu'elle n'a pas été employée comme personnage à part entière dans un récit ou dans un *conte philosophique**[1], si on veut l'appeler comme ça, histoire de permettre à sa protagoniste de se sentir davantage chez elle. Quoi qu'il en soit, elle est dotée d'une grande sagesse, et toujours très élégante ; c'est une amie exceptionnelle, doublée d'une impeccable conseillère, entièrement dédiée à son rôle ; son talent sera d'ailleurs mis à rude épreuve quand elle se retrouvera à devoir aider une ancienne connaissance – la coprotagoniste de cette affaire, Mina, une jeune libraire aux prises avec un amour pour le moins compliqué. En effet, voilà ce que ce petit livre propose de vous raconter, en cinq parties plus un épilogue : une histoire d'amour en bonne et due forme, qui tirerait profit de l'agréable présence de la Philosophie pour essayer de résoudre certains doutes et désamorcer certains pièges dans lesquels il nous arrive souvent de tomber. Nous ferons le point sur la situation à mesure que nous démêlerons l'écheveau, en interrogeant les philosophes, les écrivains et écrivaines célèbres qui ont apporté à ces questions fondamentales des réponses originales.

Je sais, vous trouvez que l'amour est un argument surfait, rebattu ; mais vous conviendrez

1. * En français dans le texte.

qu'il n'en reste pas moins un thème fascinant, qui n'a jamais cessé d'intéresser poètes et poétesses, philosophes, cinéastes et psychologues (jusqu'à bâtir des carrières entières) et toute personne ayant déjà été amoureuse ou presque : il nous concerne donc un peu toutes et tous, vous ne pouvez pas le nier. Outre ses artistes, ses chantres et ses fidèles, l'amour compte aussi ses adversaires, c'est vrai ; et il a, avec un magnétisme puissant, attiré à lui une effrayante quantité de lieux communs, croyances superstitieuses, moralismes. De nombreux maux d'amour naissent de ce fardeau mastodontesque d'idées et d'attentes, d'un lexique erroné, d'une façon trompeuse de formuler les questions fondamentales.

Et c'est pour éviter ces pièges que Mina, à la fin de l'histoire – cette histoire qu'elle aura vécue à la première personne, se heurtant frontalement à la dure réalité de la vie, et éprouvant dans sa chair l'inefficacité de ces conseils abstraits qui ne sont que des morceaux de sagesse approximative –, révélera quelques trucs d'experte pour qui voudrait se constituer une petite bibliothèque à même de l'aider à comprendre les mystères de l'amour.

1
Intoxication d'amour

Si Mme Bovary avait lu *Madame Bovary*,
n'aurait-elle pas freiné ses rêveries ?

ENNIO FLAIANO

Nous arrive-t-il de tomber amoureux de l'amour ?

Mina et la Philosophie en personne étaient assises sous un palmier, peu avant le coucher du soleil. Le ciel, me direz-vous, roussissait, incendié par les dernières lueurs du jour.

Or pas du tout.

Il commençait à pleuvoir.

Elles rentrèrent à la hâte dans leur petite maison en bois, que le dépliant publicitaire désignait comme un bungalow. La Philosophie déplorait à grands cris le mauvais temps saisonnier, soigneusement tu par la brochure avec son camaïeu de bleu et ses palmiers ; Mina, en son for intérieur, regrettait l'impatience de son amie, même si elle ne pouvait pas nier que les vacances ne ressemblaient en rien aux photos qui les avaient annoncées. Mais elle savait que les dépliants disent rarement la vérité : elle avait suffisamment été déçue par le passé pour se méfier du charme trompeur des images promotionnelles.

La Philosophie, qui avait pris dernièrement l'habitude de demander à tout le monde, avec une modestie gracieuse, de l'appeler simplement Sophie, était une vieille connaissance de Mina – et c'est la raison pour laquelle elles étaient parties ensemble. Entre nous soit dit, sa vie d'allégorie n'avait rien d'idyllique : depuis quelques années, elle arpentait le monde sans trop d'attentes, invitée de temps à autre dans une université, un colloque par-ci, une conférence par-là. Elle s'attardait aux buffets pour grignoter des petits fours tandis que parvenaient à ses oreilles des fragments de conversations polyglottes. Elle assurait poliment à tous les gens qu'elle croisait que leur sujet d'étude semblait passionnant, elle opinait vigoureusement de la tête, serrait des mains et souriait. Mais cela faisait des lustres qu'elle ressentait le besoin de prendre des vacances. À la longue, même la pensée faible[1] fatigue.

1. On se réfère ici au mouvement de la « pensée faible », un concept introduit par les philosophes postmodernes italiens Gianni Vattimo et Pier Aldo Rovatti. La pensée faible se présente comme une forme particulière de nihilisme, reflet de la crise des fondements cartésiens et rationalistes de la philosophie

Et voilà que Mina et elle étaient parties. Enfin ! La Philosophie, incognito derrière ses grandes lunettes noires, sous un énorme chapeau de paille – un « sombrero de ville », comme elle le définit elle-même, sans ciller, tandis que le steward stupéfait pesait ses trente-six kilos de valise et s'excusait de devoir appliquer une surtaxe pour excédent de bagages –, s'était présentée à l'aéroport avec palmes, masque et tuba. À vrai dire, aucune des deux ne s'était préoccupée des prévisions météo et elles étaient parties sans savoir que sur cette petite île des Caraïbes, au moment précis où leur avion survolait l'Atlantique, s'amoncelaient des nuages que les vents allaient muer en tempêtes.

Quand elles s'étaient retrouvées et serrées dans leurs bras devant le contrôle des passeports, la Philosophie avait cru apercevoir une pierre brillante à l'annulaire gauche de Mina. Pas n'importe quelle pierre : une pierre de dimensions substantielles. S'était-elle officiellement fiancée sans rien en dire à sa vieille amie ? Sophie s'en réjouit sous cape – en partie pour une raison si égoïste qu'elle en devenait difficilement confessable. Peut-être allait-on enfin lui raconter une histoire d'amour. Si vous saviez depuis combien de temps, entre un colloque et un débat de bioéthique, cette pauvre âme attendait l'occasion de

---

à l'âge moderne, et remet en question tout concept univoque de vérité.

s'installer confortablement pour savourer une belle aventure romantique, toute fraîche, de première main ! Elle avait l'impression qu'il ne lui était rien arrivé de tel depuis des siècles !

Il faut dire qu'à présent, elle se sentait un peu exclue des discussions sur l'amour. Ce constat lui fichait un terrible coup de vieux, bien que sa nature allégorique lui conférât un aspect d'éternelle jouvencelle, auquel elle était très attachée. Certes, elle était aidée en cela par son flair infaillible en matière de mode, qui lui imposait de changer radicalement de look à chaque décennie. La succession de ces renouvellements périodiques, étirée sur plusieurs siècles, lui avait procuré une garde-robe infinie, un vrai rêve, tout ce qu'il y a de plus chic : des insaisissables tuniques éthérées de ses débuts (elle habitait en Grèce, à l'époque, et un peu qu'on lui parlait d'amour ! Surtout ce polisson de Socrate) aux cols roulés noirs qu'elle avait copiés sur Juliette Gréco et qu'elle associait à des pantalons cigarettes et de petites lunettes rondes. Il est vrai que pendant les quinze dernières années, elle s'était servie de l'excuse de la crise et du revival vintage pour recycler à l'infini toute la section « Vingtième siècle » de sa riche collection… Mais c'est là une autre histoire.

Reprenons le fil. Il lui arrivait de temps en temps de prendre part à de très courus symposiums de philosophie analytique sur les émotions, ou à des séminaires d'histoire de la philosophie consacrés à l'étude des passions durant tel ou tel siècle. Mais cela restait toujours théorique et professionnel... Et le *principe de plaisir*, dans tout ça ? N'eût-elle eu pour règle d'or de ne jamais penser de mal de quiconque tant qu'elle ne détenait pas une preuve certaine de sa culpabilité (par habitude, elle gardait d'abord une posture sceptique), elle en serait venue à imaginer qu'on le faisait exprès. Exprès de la tenir à l'écart des histoires les plus croustillantes.

En effet, cela faisait un bout de temps que l'amour était considéré comme une matière pour la Psychologie, laquelle, fort occupée durant le siècle et demi passé, avait toutefois eu l'abominable idée de prendre un assistant en intérim, Self-Help : un jeune type ambitieux, toujours bronzé, chaussures reluisantes et nœud de cravate trop large. Il se faisait appeler ainsi pour se donner une touche, disait-il, *dynamique*. On murmurait qu'il avait été instructeur d'arts martiaux par le passé et qu'il valait donc mieux ne pas le contredire, ainsi qu'animateur de village touristique – cela expliquant pourquoi il était toujours capable, ne serait-ce que passagèrement, de remonter le moral des cœurs en peine. Le problème était qu'il ne concevait aucun autre état d'âme en dehors de l'oscillation continue entre enthousiasme survolté et optimisme immotivé. Il soutenait que la chose la plus importante, dans la vie, était d'y croire, et quand la Philosophie, pour l'asticoter, lui demandait « Mais croire en quoi ? », il demeurait vague et disait qu'elle devait seulement « rester elle-même ». Comme si elle n'avait pas passé ses meilleurs siècles à essayer d'enseigner aux êtres humains qu'être soi-même est ou bien évident, ou bien impossible ! Mais Sophie avait suffisamment roulé sa bosse, désormais, pour savoir qu'il était plus prudent d'éviter de s'embarquer dans d'infinis soliloques sur l'épineuse question de l'identité. Elle se contentait de sourire, et cela faisait plaisir à Self-Help. Ce dernier se vantait à tout bout de champ de son talent pour faire rire n'importe qui à la ronde. « Pas de grise mine dans un rayon d'au moins cent cinquante mètres ! » lançait-il en distribuant d'affectueuses calottes à quiconque rechignait à exhiber gaiement sa denture. Pourtant – bien qu'il ne s'en aperçût pas – le sourire de la Philosophie était un peu forcé. Personne ou presque ne le savait, mais elle avait un problème. Un problème de dépendance affective par procuration.

Intoxication

Tout avait commencé avec une télénovela vénézuélienne, vers la fin des années 1980. La Philosophie avait été invitée à un colloque sur les nouveaux médias. McLuhan et Derrida étaient les noms qu'on entendait le plus fréquemment prononcer pendant la journée d'étude, souvent accompagnés de brefs mais significatifs gestes de connivence. Le buffet était un maelstrom de salades russes, *pennette* à la vodka, cocktail de crevettes, mais la Philosophie, hélas, n'avait guère d'appétit. Tandis qu'à l'étage inférieur tout le monde buvait du rosé, fumait et riait aux boutades philosophiques typiques de ce genre de rafraîchissements, ainsi se retrouva-t-elle seule dans sa chambre d'hôtel, à zapper devant la télévision.

Jusqu'au moment où elle tomba sur un spectacle inattendu, diffusé par une chaîne locale. Le doublage laissait un peu à désirer ; de temps en temps, au beau milieu d'une scène, un microphone pendait sur le plateau, mal dissimulé par le décor. Et pourtant, quelle histoire passionnante ! La protagoniste portait le nom d'une pierre précieuse, Topaze, et venait manifestement tout juste de retrouver la vue. Ou plutôt : elle était en train de décrire à son père, un temps renié et finalement pardonné, toutes les scènes tire-larmes auxquelles elle avait déjà assisté. Tous les thèmes que la Philosophie avait vus défiler, pendant sa longue carrière, dans des amphithéâtres bondés, voilà qu'ils revenaient, assaisonnés d'une façon approximative mais efficace, sur un lointain plateau sud-américain. Rien ne manquait : femmes froides et perfides, agnitions, incestes involontaires, cécité et lucidité, tout ça dans un téléviseur, à portée de zappette !

La Philosophie fut captivée par le spectacle, et qui aurait pu lui jeter la pierre ? À l'époque, Self-Help était encore au début de sa carrière, mais le processus était déjà enclenché : il allait devenir de plus en plus difficile pour la Philosophie de savourer de belles histoires d'amour. Grecia Colmenares, dans cette télénovela dégottée par hasard, lui fit l'effet d'une rencontre providentielle.

Un peu par faiblesse, un peu parce qu'elle était au fond une grande névrosée obsessionnelle, un peu parce qu'il faut bien de temps en temps s'offrir un petit plaisir coupable, la Philosophie, en un tour de main, devint si dépendante des télénovelas qu'elle consacra à leur visionnage d'abord des après-midi, puis des soirées entières. À sa grande satisfaction, les chaînes locales en diffusaient en continu. Et puis il y avait aussi les *soap operas* : elle en découvrait de nouveaux tous les jours.

Elle mangeait sur son canapé, face à son écran, s'y endormait même parfois. Du reste, elle vivait seule avec sa chouette domestique – cette même chouette qui, une nuit, surprenant sa maîtresse sur le sofa à trois heures du matin, étendue au milieu d'un tapis de miettes, lui infligea une cuisante honte d'elle-même. Elle décida qu'elle ne pouvait plus vivre ainsi : elle fit appel à sa légendaire force de volonté et, au prix de quelques petites crises de manque, se tint à l'écart de tout l'univers des télénovelas.

Mais l'intoxication avait atteint son esprit et imprégné ses habitudes. Et la télévision commerciale du début des années 1990 était pour elle l'équivalent d'une pâtisserie gigantesque pour le plus glouton des becs sucrés. Hollywood aussi s'y était mis, l'attirant avec des sirènes moins artisanales que cette armée de Dolores, Milagros et Rosalinde. Elle était toujours séduite par le même filon : des histoires d'amour qui puisaient leur charme dans un usage irrésistible, magnétique, des mécanismes d'identification. La Philosophie ne manquait pas une – pas une seule – comédie romantique au cinéma. Meg Ryan était devenue son phare, même si elle ne l'aurait jamais avoué aux buffets des colloques, ni quand elle était invitée à prononcer le discours inaugural de quelque année académique. Elle se rendit chez le coiffeur avec une photo de sa crinière blonde, on lui fit une formidable permanente ; frisée et extatique, elle se faufila dans le premier cinéma rencontré pour voir une quinzième fois *Nuits blanches à Seattle*. Quand le genre littérairie dédaigneusement baptisé *chick lit* par les journalistes snobs apparut enfin en librairie, elle commença à lire avidement ces histoires dans lesquelles elle pouvait sombrer en un clin d'œil, sans effort, sans même devoir renoncer à sa fameuse ironie ; elle avait presque la sensation d'y vivre pour de vrai dans ces univers parallèles où elle n'avait pas à s'occuper de société liquide[1] ou des problèmes liés à la fin de l'histoire que, selon certains discours, Hegel avait prophétisée et qui était en train d'arriver en grande pompe.

Le Journal de Bridget Jones, de même que *Sex and the City*, qu'elle suivit dans leur passage du roman au cinéma pour le premier, et du roman à la télévision pour le second, étaient des livres vraiment réussis. Elle pouvait même les feuilleter en public : il s'agissait simplement d'esquisser un petit sourire quand on lui demandait ce qu'elle lisait. « Vous savez, ça fait du bien, un peu de légèreté, parfois », disait-elle dans ces cas-là, et elle en sortait même grandie. Mais une fois achevées ces lectures, si ironiques qu'elles demeuraient présentables, elle commença à s'immerger dans un océan de couvertures bleu ciel Harlequin, qui pullulaient de talons aiguilles, diamants et bagues assortis, rouge à lèvres et hommes mal choisis. Quand elle s'asseyait pour lire aux tables des cafés (exactement comme on pouvait s'y attendre, venant d'elle), elle avait toujours un peu de réticence à exhiber ces couvertures et ces titres orgueilleusement frivoles. Après

1. Il est fait ici allusion à la métaphore « liquide » du sociologue d'origine polonaise Zygmunt Bauman, entrée dans le langage courant pour décrire la modernité dans laquelle nous vivons (flexible, individualisée, privatisée, vulnérable, entre une liberté sans précédent et un désir impossible à assouvir).

tout, elle était une vieille jeune fille timide : elle n'aurait jamais osé revendiquer cela comme une habitude anticonformiste, ce qu'elle aurait pourtant pu se permettre, étant la Philosophie en personne. Son Surmoi était trop développé pour le lui concéder, alors elle finissait par s'ingénier à cacher les livres, souvent volumineux, derrière le tome de quelque penseur heideggérien reconstituant des étymologies. « Ce n'est pas un comportement digne d'elle », me direz-vous, mais que voulez-vous que je vous réponde ; la Philosophie est humaine, elle aussi, que cela vous plaise ou non.

Le problème, quoi qu'il en soit, n'était pas cette habitude embarrassante de glisser en catimini *Noël à Tiffany* dans les rabats de l'*Introduction à la lecture de Hegel* de Kojève. Le problème avec l'accumulation de ces expériences de substitution, c'était que l'identification obsessionnelle finissait par déteindre sur sa psyché. Une vraie intoxication – une intoxication amoureuse.

Les livres et les films dont elle s'était gavée pendant des années avaient pour thème l'Amour, tout simplement, comme promesse d'une félicité sans ombre, vague et anesthésiante ; comme un produit emballé sous vide. Cet amour incarnait en quelque sorte l'unique laissez-passer possible vers une forme de sérénité suspecte, la seule (du moins selon la poétique de ces films et de ces livres) à même de rendre la vie digne d'être vécue ; et il était tellement essentiel aux intrigues que tout ce qui fleurissait autour avait quelque chose de l'ordre du prétexte, du superflu.

Il était donc facile, pour la Philosophie, de s'identifier aux héroïnes de ces histoires sans avoir à effectuer un gros effort d'imagination ; il n'y avait nul besoin de se donner trop de mal, parce que les histoires dont elle nourrissait sa fantaisie l'accompagnaient d'une manière sournoise et rassurante, comme si elles lui tenaient la main. Quand on s'identifie de cette façon, l'imagination ne trouve pas de point de résistance et accomplit un exercice dénué d'élan créatif pour atteindre une sorte de plénitude passive et momentanée, doucement anxiolytique, comme une innocente fleur de lotus qui induirait des hallucinations délavées : *Oh ! Comme ce serait beau, si j'étais à la place de cette protagoniste !* pensait la Philosophie. Et c'était un désir étrange, parce qu'il incluait un petit paradoxe qu'elle – elle, précisément, rendez-vous compte ! –, dans ces circonstances, se refusait à explorer. Le paradoxe, fort simple, est qu'on ne peut pas être à la fois soi-même et quelqu'un d'autre tout en restant identique à soi ; sur ce point, notre brave Sophie, alors, évitait de s'appesantir. S'il ne s'était agi que d'une chimère à trois sous, un petit jeu innocent pour remplir ses après-midi, les caprices de son imagination n'auraient clairement pas été en mesure de l'intoxiquer, pas un instant. Or, malgré sa grande sagesse, pendant la période où elle céda à cette irrésistible tentation, ce désir occupait presque toutes ses pensées. Elle n'avait pas une folle envie de méditer sur les aspects secondaires de ses rêveries, comme le fait que, si elle avait vraiment été exaucée et catapultée à la place de telle ou telle protagoniste, elle aurait continué à voir les choses avec ses yeux – par ailleurs rien de moins que les yeux de la Philosophie, rappelons-le, et ces yeux charriaient avec eux toutes les idées, les souvenirs, les espoirs qui peuvent habiter une allégorie névrosée. Elle aurait encore été elle-même, donc, et c'est en restant elle-même qu'elle se serait offert cette expérience d'étrangeté, ce qui est difficile, mais demeure un exercice d'imagination susceptible d'ouvrir à des possibilités inédites. Sauf que ce désir vague et inquiet de se substituer à quelqu'un – pauvre Philosophie ennuyée ! – est un piège : il empêche de sortir de soi-même et de s'oublier l'espace d'un instant, mais aussi d'entrer en profondeur en soi, en essayant de se regarder avec d'autres yeux. En somme, il enferme dans les deux sens, aussi bien centrifuge que centripète, l'expérience de la dépossession, expérience qui ne se vit peut-être réellement que par l'amour et la littérature.

L'amour, exactement comme la vraie littérature, est la démonstration que désir et réalité, quelque part, peuvent se rencontrer. Comme l'a écrit Ennio Flaiano, si Mme Bovary avait lu *Madame*

Bovary, elle se serait épargné un tas de déconvenues ; et il en aurait été de même, ajouterais-je, si elle avait lu l'*Éthique* de Spinoza – mais nous reviendrons plus tard sur l'*Éthique*. En attendant, cette pauvre Emma Bovary tombe à pic, elle qui détruisit sa vie après en avoir passé une grande partie à fantasmer sur les amours écrasantes qu'elle lisait dans les romans à l'eau de rose ; et qui, pour s'imaginer dans la peau de l'une de ces héroïnes, prit des vessies pour des lanternes et un goujat sans envergure comme Rodolphe pour un noble et grand amour. Je parie que vous l'aviez déjà sur le bout de la langue, le nom de la dame. Et vous aviez raison. Parce qu'en effet, la maladie dont souffrait notre chère Sophie, à cette époque, même si elle ne voulait pas l'admettre, s'appelait, précisément, le « bovarysme ».

La seule différence entre elle et la malheureuse Emma était qu'elles avaient souffert de la même intoxication à des moments historiques distincts, et les romans avec lesquels l'une avait tué le temps n'étaient pas en tout point semblables à ceux que l'autre avait dévorés en les alternant avec de massives quantités de films et de séries télé. Ce qui ne changeait pas d'un cheveu, en revanche, c'était l'idée de l'amour autour de laquelle tournaient plus ou moins toutes les histoires : une force aveugle et bouleversante, dont les femmes, bien que plus émancipées, un siècle et demi après, seraient les proies involontaires – à condition d'être suffisamment attirantes : à l'extrême limite, d'anciens vilains petits canards miraculeusement transformés en cygnes.

Les débuts d'une grande amitié

Le hasard voulut que ce fût précisément grâce à sa connaissance approfondie de ce genre de littérature – souvent définie comme « littérature de genre », avec une imprécision qui ne manquait pas d'attiser son désir de polémique ; mais ne divaguons pas, n'apportons pas d'eau à son moulin –, que ce fût précisément grâce à ce genre, donc, que la Philosophie rencontra Mina.

Mina était doctorante ; elle avait été invitée à parler à un colloque à la Sorbonne, et avait la terreur de ne pas être à la hauteur. Elle était restée éveillée jusqu'à l'aube, à lire et relire son intervention. Les yeux écarquillés, fixant le plafond, elle s'était imaginé toute une gamme de réactions catastrophiques de la part de l'auditoire.

Naturellement, par la suite, quand le moment était venu de déclamer son texte, personne ne l'avait vraiment écoutée ; sur les petites chaises en bois de l'hémicycle, tout le monde somnolait. Lorsque le président de séance avait demandé au public s'il y avait des questions, deux rangées de têtes s'étaient baissées, subitement absorbées par un minutieux examen du bout de leurs doigts. Puis, passé ce bref moment d'embarras, ces mêmes mains s'étaient soulevées à l'unisson pour applaudir. Mina avait alors poussé un long soupir de soulagement et couru jusqu'aux toilettes des dames. Et là, quelle n'avait pas été sa surprise ! Appuyée au chambranle de la fenêtre, cherchant à se pencher de tout son long vers l'extérieur, la Philosophie, à la barbe de tous les interdits, était en train de s'en griller une. Officiellement, elle racontait à tout le monde qu'elle avait arrêté en 1975, seulement voilà, parfois la nostalgie du bon vieux temps se faisait sentir, et elle cédait alors à la tentation de s'acheter un paquet de Gauloises sans filtre. Mais depuis, l'idée de santé publique avait fait son chemin, et de nombreuses lois anti-tabac avaient été promulguées, la contraignant à se contorsionner à la fenêtre. Autrement, les détecteurs de fumée l'auraient dénoncée à grand renfort de sirènes, et de quoi aurait-elle eu l'air ?

« Si tu sautes, je saute », dit Mina en apercevant la drôle de posture désarticulée de cette inconnue qui lui tournait le dos, en jean cigarette et col roulé noir.

Or – encore un hasard –, la Philosophie avait revu *Titanic* pas plus tard que la veille au soir, seule dans son hôtel, versant toutes les larmes de son corps et consommant une boîte entière de mouchoirs. En reconnaissant la réplique, elle fut assaillie par un tel sentiment de sérendipité qu'elle manqua de s'étouffer avec les effluves de sa Gauloise. Elle se tourna, leurs regards se croisèrent, et toutes les deux éclatèrent de rire. La Philosophie avait les yeux rougis de larmes, à cause du rire et de la fumée qu'elle avait avalée de travers ; il s'en fallut de peu qu'elle ne se mît à avoir le hoquet.

Se ressaisissant, elle tendit la main à Mina, pâle et affaiblie par sa nuit d'insomnie. Elle se présenta en donnant son nom, avec toute la discrétion dont savent faire preuve les allégories, prêtes à encaisser, selon les cas, protestations incrédules ou émerveillées. Mina, elle, ne broncha pas ; elle était si fatiguée que plus rien ne lui importait. La Philosophie, heureuse de susciter, pour une fois, une réaction spontanée et détachée, préleva une Gauloise de son porte-cigarettes en argent et la tendit à Mina. Mais au lieu d'accepter, cette dernière demanda si elle pouvait tirer sur la sienne. Elles étaient déjà en train de devenir amies.

Elles passèrent le reste de l'après-midi à papoter, assises au fond de la salle. Elles sautaient du coq à l'âne, comme toutes les personnes qui se trouvent sympathiques dès l'instant où elles font connaissance. La citation providentielle de *Titanic* les conduisit au débat désormais classique sur la surface disponible à bord de la porte-radeau qui aurait pu permettre de sauver les deux amoureux, et sur la décision de Rose de rester seule sur ce morceau de bois plutôt que d'essayer d'y faire monter un pauvre garçon, lequel, pourtant, à une époque encore au-dessus de tout soupçon, la voyant se pencher au parapet, lui avait proposé sans réfléchir de se jeter avec elle. La Philosophie, au lieu de se lancer dans des analyses scénaristiques raffinées visant à évaluer les raisons d'un choix si discutable du point de vue éthique, raconta à Mina qu'à chaque fois qu'elle revoyait le film, il lui était impossible de retenir ses larmes. D'habitude, quand elle décidait de s'ouvrir ainsi à quelqu'un, elle finissait toujours par s'en repentir, parce que pour se faire mousser, on jouait volontiers la carte de la dissertation esthétique. « Eh oui, la catharsis ! » commençait-on. « D'ailleurs Aristote en a parlé le premier, et tellement bien… »

Mais invariablement, les malheureux se retrouvaient à soliloquer ; la Philosophie cherchait seulement à parler un peu d'elle, à se confier. Elle n'avait pas envie qu'on lui resserve des histoires de catharsis. Or Mina, peut-être simplement du fait que ses énergies intellectuelles avaient été drainées par l'effort de s'exprimer en public, n'avait pas la moindre intention d'épater la Philosophie (dans quel but, du reste ?).

Elle confessa qu'elle pleurait elle aussi comme une fontaine, et pour bien moins que ça. Il lui suffisait parfois d'un spot publicitaire... À cet instant, la Philosophie sut qu'en parlant avec cette jeune femme, elle n'avait à rougir de rien. Et ainsi continuèrent-elles à discuter tandis que le colloque se poursuivait. De temps à autre, elles éclataient de rire et devaient se couvrir la bouche avant que l'un des barbons du premier rang ne se retournât pour les foudroyer du regard. Ils n'aimaient pas du tout qu'on rît pendant un colloque de philosophie – personne n'avait le droit de les importuner, pas même la Philosophie elle-même. C'est pourquoi elle s'ennuyait tant, pendant les conférences.

Depuis ce jour, Mina et Sophie devinrent inséparables, même si elles ne se voyaient hélas pas autant qu'elles l'auraient souhaité. La Philosophie était sans cesse convoquée à des colloques, des journées d'étude, des conférences et des séminaires aux quatre coins du monde, et ayant une personnalité trop sujette à la dialectique, elle avait du mal à se faire comprendre quand elle cherchait à décliner certaines invitations. Finalement, bien qu'elles se fussent promis de se revoir à chaque occasion, elles ne se croisaient tout au plus que deux ou trois fois par an. Avec le temps, les coups de fil presque quotidiens où elles se racontaient leurs vies et parlaient de tout et de rien devinrent imperceptiblement hebdomadaires, puis mensuels, et il était tellement compliqué, désormais, de récupérer les récits des jours passés qu'elles se limitaient à s'échanger des banalités.

Mais un jour de printemps, Mina, à l'issue d'une succession d'événements malencontreux qui s'étaient déroulés dans sa vie sentimentale et que je m'apprête à vous rapporter, se trouva dans l'absolue nécessité de tout plaquer pour quelques jours. Par chance, la résolution de sauter dans le premier avion disponible survint la veille de la semaine de fermeture annuelle de la librairie où elle travaillait. Elle décrocha alors son téléphone pour appeler Sophie, parce que, au moment où elle avait décidé de partir, elle avait su en son for intérieur que cette dernière serait la compagne idéale.

La Philosophie reçut le coup de fil de Mina alors qu'elle était en train de siroter un Moscow Mule dans sa baignoire, immergée dans un bain de bulles qu'elle espérait relaxant. Elle traversait elle aussi une période délicate.

À force de passer son temps à vivre des amours par procuration, elle avait perdu un peu d'élasticité émotive. C'était comme si, à la longue, son empathie innée s'était atrophiée et muée en un sourire énigmatique un peu triste, aussi inutile qu'inexpressif. Elle n'arrivait plus à s'émouvoir, à se connecter à ce qu'elle voyait, aux gens qu'elle rencontrait. On lui avait toujours reproché d'être dans la lune : à présent, elle était carrément absente.

Aux colloques, ce changement ne passait pas inaperçu. Parfois, en cachette, on esquissait de petits gestes éloquents qui voulaient dire qu'elle n'avait plus toute sa tête ; et chacun y allait de son soupir, car c'était pour tout le monde une triste nouvelle.

S'il ne l'avait pas empoisonnée de manière fatale, son bovarysme l'avait tout de même intoxiquée. Elle avait développé une dépendance et cela l'affligeait. Les médicaments contre sa tristesse – que l'on pourrait également appeler ennui, aboulie, apathie, parce qu'elle avait de nombreuses facettes, mais présentait à chaque fois un symptôme d'inertie – étaient justement les comédies romantiques et les romans de *chick lit*. Fini la solitude, lui répétaient les doses exagérées de médicaments à l'eau de rose qu'elle ingérait ; et pourtant, elle se les administrait en solitaire, et pendant ce temps, comme dans une lanterne magique, les saisons passaient autour d'elle, les mois, les années, et rien ne l'atteignait.

Mais ne tombez pas dans le panneau de cette prétendue faiblesse. Nous parlons tout de même de la Philosophie, parbleu ! Elle était le médicament, elle était la cure et le venin ; et elle avait traversé de pires crises, se dit-elle quand elle intercepta, à un colloque sur le livre Z de la *Métaphysique*, les signes qu'adressait un philologue aristotélicien à un illustre chercheur lapon pour signifier combien elle avait changé, dernièrement. On la traitait comme une vieille évaporée, c'est ça ? La chose ne lui plaisait en rien. Après tout, elle pensait mériter un certain respect : elle avait derrière elle plus de deux mille cinq cents années de bons et loyaux services. Elle prit la situation en main. Écopa de plusieurs années d'analyse freudienne. Et se déclara guérie lorsqu'elle revendit sa télévision et se désabonna de Netflix, redoutable sirène tentatrice.

Le jour où elle reçut le coup de fil de Mina, il y avait des mois qu'elle n'avait pas acheté de livres aux couleurs pastel ; elle avait beau savoir que les ouvrages ne se jugent pas à leur couverture, elle préférait ne pas courir de risque. Mais, comme une ex-fumeuse invétérée ayant radicalement arrêté se surprend parfois à inhaler l'arôme d'un cigare dans un ridicule état de béatitude, la Philosophie, quand elle flairait la possibilité même lointaine d'entendre le récit d'une histoire d'amour, se sentait toute remuée. Elle inspirait à pleins poumons, sans craindre de paraître ridicule.

Et c'était donc dans cette disposition d'esprit qu'elle avait aperçu une bague resplendir au doigt de Mina – vous vous souvenez ? Lorsqu'elles s'étaient enlacées à l'aéroport, ce chatoiement avait déclenché ses fantasmes. À bord de l'avion à présent, la bague en question avait mystérieusement disparu. Mina boucla sa ceinture de sécurité tandis que la Philosophie étudiait attentivement ses mains : nulle trace de bijou.

« Dis-moi, Mina, s'enquit-elle timidement, excuse-moi, mais… tout à l'heure, aux contrôles de sécurité, j'ai eu l'impression que tu portais une bague, assez grosse même, et je ne la vois plus, maintenant. Tu ne l'aurais pas perdue dans une de ces bassines dans lesquelles il faut mettre toutes ses affaires, par hasard ? »

Mina ricanait. « Ah, celle-là ! La voilà, regarde-moi cette beauté. » Triomphante, elle sortit de la poche de sa veste une gigantesque bague vert fluo en plastique. « Quelle plongée dans les années 1990, pas vrai ? Je ne savais pas, moi, qu'on trouvait encore des bagues surprise dans certains paquets de chips. »

La Philosophie encaissa le coup avec élégance ; du reste, elle savait bien que le désir crée des mirages, et en cette période, elle n'avait pas de désir plus grand que celui de savourer une belle histoire d'amour – *a fortiori* si elle était de première main.

De l'importance d'être cathartique

Élixir d'amour et autres trucs narratifs

Si vous avez vu autant de comédies romantiques qu'en a vu (et aimé) votre dévouée voix narrative, vous aurez forcément repéré un petit truc récurrent. Le schéma typique de la comédie romantique commerciale est souvent fondé sur un cliché cognitif voulant que la protagoniste (une créature passionnelle, impétueuse, irrationnelle ou du moins un peu fofolle) ne sache absolument pas ce qu'elle veut, ni ce qui est le mieux pour elle. Cette idée est presque aussi vieille que le monde. Tristan et Yseult tombent amoureux après avoir bu un élixir qui anéantit leur volonté et les entraîne vers le destin qui leur incombe, et qui passe par la transgression d'un tabou : ils seraient tante et neveu par alliance, rappelez-vous ! Exactement comme Paolo et Francesca, chez Dante, beau-frère et belle-sœur

– et d'ailleurs, ils attribuent la responsabilité de leur faute à la lecture d'un livre du cycle arthurien.

La conception persiste aujourd'hui selon laquelle l'amour devrait abattre de la même manière, presque magique, les résistances de la personne qui tombe amoureuse. Il ne s'agit que d'une convention narrative, bien sûr, mais une fois transformée en cliché, elle a le pouvoir de répandre une théorie : les désirs seraient *nécessairement* indéchiffrables, et donc, d'une certaine façon, interchangeables.

Pourquoi se fier aux désirs ?

Ainsi, on les représente comme des fantasmes un peu vides, qui ne prennent aucun appui sur la vie – celle du corps, de l'intimité, solitaire ou partagée, des expériences qu'il est impossible de raconter entièrement, parce qu'étant réelles, elles ont toujours quelque chose de repoussant, d'inquiétant, ou carrément d'obscène.

Et que se passe-t-il, alors ? Il se passe que, face à ces protagonistes sans qualités, si passives par rapport aux désirs et à la vie, la tentation instinctive de se mettre dans leurs habits ne rencontre aucun obstacle. Il suffit de se laisser glisser, comme on glisserait dans un vêtement de soie, et le tour est joué.

Le pouvoir de la distanciation

Seulement, de cette façon, la possibilité d'une identification absolue, mais encore passive, interdit de sortir réellement de soi-même – de son identité de spectateur et spectatrice –, et donc d'entrer plus en profondeur en soi-même en tentant de se regarder avec d'autres yeux. Elle bannit, en somme, l'expérience de la *distanciation*, l'effort de changer de perspective sans s'annuler ni se laisser complètement absorber par l'identification ; en cherchant au contraire, avec toute la force d'une vraie tension vers une autre vie – cette tension que d'aucuns appellent tout simplement *l'empathie* –, à comprendre vraiment, et à fond, un autre être humain.

> *C'est cet effort qu'imposent l'amour et la littérature – en nous invitant à nous pencher sur d'autres vies, réelles ou racontées, sans disparaître dans la faille qui s'ouvre au moment où nous nous rendons compte que cette vie n'est pas la nôtre.*

C'est un effort de stupeur qui, du fait de l'élan qu'il réclame, de ce bref exercice, ce déclic de volonté, le seul à pouvoir nous permettre de sortir un instant de nous-même, nous empêche de nous perdre totalement dans l'histoire, et nous laisse en léger contact avec nous-même.

Identifications passives et catharsis impossibles

Si l'identification est simple, en revanche, si elle est directe et ne laisse aucune trace dans notre idée de nous-même et de la vie, c'est parce qu'on peut la provoquer sans bouleverser notre perception habituelle de la réalité.

Pour cette raison, au lieu de nous révéler des aspects nouveaux ou insolites du monde qui nous entoure et de notre façon de le regarder, une identification exclusivement passive se prive de l'expérience cathartique libératrice qui en naîtrait si nous nous éloignions un peu de nous-même et revenions en arrière, renouant avec plus de légèreté et de liberté, après nous être reconnu dans un autre être humain ; lequel n'est pas un miroir, mais une personne qui nous ressemble, bien qu'elle ait une identité différente de la nôtre.

Hypothèses pour une éducation sentimentale

Une éducation sentimentale digne de ce nom – et donc vouée, comme toute éducation, à offrir une liberté réelle et à rompre les chaînes des passions tristes – devrait tenir compte de l'importance, alors, d'apprendre à se fier aux désirs, les nôtres et ceux des autres, à les connaître et à les déchiffrer autant que faire se peut, plutôt que de les refouler ou de les considérer avec méfiance, comme des secrets scabreux, dangereux ou embarrassants. Ainsi, nous pourrons voir clairement, et sans craindre que la réverbération ne nous aveugle, le point d'intersection entre le désir et la réalité où l'amour peut être reconnu, connu et vécu.

2
Amours photogéniques

> Esclave du miroir magique, accours du plus profond des espaces et montre-moi ta face.
> Miroir magique au mur, qui a beauté parfaite et pure ?
>
> *Blanche-Neige*, LES FRÈRES GRIMM

Peut-on ne montrer que son meilleur profil ?

La Philosophie, comme toujours, griffonnait des notes sur son carnet ; pendant qu'elle prenait son petit déjeuner avec Mina sous un ciel menaçant, devant leur maisonnette en bois, elle avait marmonné quelque chose à propos d'un *projet*, « un petit truc, tu vois, rien de trop ambitieux… », et quand elle avait été sûre que son amie, découragée par le ton à peine intelligible de sa voix, avait cessé d'écouter, elle avait ajouté, avec un rire nerveux : « Une espèce d'étude sur une histoire d'amour. » La vérité était que, pour s'empêcher de contrevenir à ce long processus de désintoxication qui lui avait coûté tant d'efforts, et tant d'argent, Sophie avait eu la vague idée d'écrire elle-même l'un de ces livres qu'elle n'avait plus le droit de lire. Mais ce n'était pas facile… Et puis son approche était peut-être un peu trop intellectuelle. Elle prenait furieusement des notes, qu'elle rédigeait sous la forme d'épigraphes qui grimpaient sur les bords de ses pages.

Piquée par la curiosité, Mina lut par-dessus l'épaule de son amie. « Mais qu'est-ce que c'est que ce charabia ? Moi je croyais que la méchante reine se contentait de dire "Miroir, mon beau miroir, dis-moi qui est la plus belle". » Peut-être êtes-vous en train de penser la même chose.

Et pourtant, c'était la Philosophie qui avait raison, ce qu'elle put démontrer facilement, grâce au wifi de l'hôtel, à l'issue d'une rapide recherche sur Google. Mina n'en revenait pas, elle relisait la citation *in extenso* en fronçant les sourcils. « Parfois, la vraie version est la plus difficile, déclara Sophie. Et cela vaut aussi au sens figuré !

— Hein ?

— La *lectio difficilior*. »

Il arrivait à la Philosophie d'être pédante d'une manière insupportable, mais que voulez-vous que je vous dise, c'était une gentille fille, et tout bien considéré, étant donné son rang, elle aurait pu être bien plus snob.

« Et pourquoi "esclave du miroir magique", d'ailleurs ?

— Peut-être que cela illustre la façon dont le miroir est au service de celui ou celle qui s'y regarde. Qu'on ne voit dans le miroir, au fond, que ce que l'on a envie de voir », répondit la Philosophie, songeuse, et poursuivant cette réflexion comme adressée à elle-même, elle mit sur pied toute une théorie selon laquelle la réponse du miroir qui déçoit la reine aurait en réalité été le reflet de son désir secret de ne pas être la plus belle du royaume, dans la mesure où cette réponse lui offrait enfin une excellente excuse pour laisser libre cours à sa brutalité à l'encontre de sa belle-fille, Blanche-Neige. Mina était perplexe, mais se garda bien de la contredire.

« Ou peut-être, continua la Philosophie, et on aurait encore dit qu'elle se parlait avant tout à elle-même, est-ce parce que trop se regarder dans le miroir peut nuire à la santé. Tu le savais ? Il y a même des recherches qui le prouvent ! »

Comme à son habitude, elle était capable de dégainer une expérience scientifique provenant d'un département de psychologie quelconque. Elle s'aventura dans des explications complexes que Mina n'écouta que par intermittence – de toute façon, elle savait qu'il n'était pas nécessaire, pour le moment, de prendre part à la conversation : Sophie, comme cela lui arrivait souvent, s'était engouffrée dans ces ruelles tortueuses qu'elle aimait parcourir pour construire des théories, comme d'autres s'amusent à construire des châteaux de cartes. Cette fois, il s'agissait d'une étude menée par le département de psychologie clinique d'une université anglaise : il avait été demandé aux volontaires d'évaluer leur propre aspect sur la base d'un bref coup d'œil au miroir, puis de recommencer, mais cette fois après avoir été contraints de se mirer dix minutes d'affilée. Apparemment, pas un seul des participants, même parmi celles et ceux qui ne s'étaient pas déplu au premier regard, ne ressortait de cette si longue inspection sans se sentir criblé de complexes, convaincu d'être la plus laide créature que la Terre eût portée.

« Bref, se regarder trop longtemps dans le miroir n'est jamais bon », conclut Sophie avec une sobriété inattendue. Mina, qui se préparait à une longue dissertation sur le thème de l'autoportrait et de la représentation de soi, pensa qu'elle n'avait pas complètement tort et s'apprêta à rentrer dans le bungalow. Cette phrase lapidaire l'avait étrangement touchée ; peut-être parce que ces dernières années, elle avait eu un peu de mal à accepter ce qu'elle voyait d'elle, dans le miroir comme à l'extérieur.

Vodka Martini

« Mais toi, qu'est-ce que tu fuis ? »

La Philosophie entendait plaisanter, mais Mina ne s'en rendit pas compte, et lui répondit comme s'il s'agissait d'une vraie question. Elles avaient passé la journée de la veille à explorer le village de pêcheurs non loin, niché entre deux replis de plage. La Philosophie, très élégante dans son interprétation du style Jackie Kennedy, pantacourt, sandales rouges et marinière rayée, avait confié à Mina le désarroi dans lequel, récemment, l'avait plongée sa dépendance. Le soir tombait, le froid leur rongeait les os, bien qu'il eût cessé de pleuvoir ; elles avaient décrété que la seule option viable était un bel apéritif au bar de leur hôtel.

« Moi ? Le plus grand drame sentimental de ma vie », dit Mina en un souffle ; et sans laisser à la Philosophie le temps de rebondir, elle était déjà en train de donner au barman ses instructions pour lui préparer un double Vodka Martini.

Ce dernier, poli mais ferme, refusait de s'exécuter. « Mais pourquoi un double ? Je peux vous en faire un et dès que vous aurez fini celui-là, aussitôt un second. »

Il ne connaissait manifestement pas la détermination avec laquelle Mina, quand elle avait le moral en berne, saisissait la moindre occasion de s'offrir une belle cuite. « Il suffit de mettre le double de tout », expliquait-elle patiemment au malheureux, comme elle aurait parlé à un enfant. « Même les olives, comme ça je n'aurai pas le ventre vide », ajouta-t-elle dans un élan de maturité réellement insolite, venant d'elle. La Philosophie, par-dessus l'épaule de Mina, fit un signe au barman qui voulait dire : *Ne t'inquiète pas, fais ce qu'elle te dit, je suis là* – elle était une personne prudente, elle, décidée à écouter jusqu'à la dernière syllabe l'exposé des misères de son amie et, contextuellement, à l'empêcher de finir au-dessus d'un buisson, vomissant ses tripes, ou pire encore, de se jeter ivre dans la piscine dont une brise froissait la surface de petites ondes inquiètes. Au fond, elle était là pour l'aider – comme seule une amie peut le faire.

La Philosophie eut à peine le temps de tourner son attention vers Mina que celle-ci s'était pendue à son cou, en pleurs. Ça lui arrivait sans arrêt, quand elle était déprimée : au seul contact de ses lèvres avec l'alcool, elle explosait en des ouragans de larmes qui la laissaient épuisée et étrangement confiante, comme si elle redevenait petite fille. Elle avait déjà vingt-sept ans, pourtant, et un grand besoin d'être consolée. Le barman l'observait avec une commisération qui ne parvenait pas à masquer sa curiosité – lui aussi, songea la Philosophie, devait avoir subodoré l'existence d'une histoire d'amour derrière tout ça.

Elle repensa avec un peu de honte à l'excitation avec laquelle, seulement quelques heures plus tôt, elle avait épié au doigt de son amie le scintillement d'une bague en plastique, imaginant on ne sait quel joyau. Ce n'était pas son genre, de prendre des vessies pour des lanternes : seule l'urgence stupide de s'emparer d'une histoire d'amour toute fraîche, toute neuve, réaliste et pourtant *fabuleuse* par personne interposée (et non par personnage interposé, pour une fois… et cela comptait comme un progrès, non ?) avait pu l'induire aussi bêtement en erreur. Elle avait été précipitée et superficielle – deux défauts qu'elle ne pouvait se permettre, compte tenu de son statut.

Mais, réfléchit-elle alors, qui a dit que les histoires d'amour heureuses étaient les seules à valoir la peine d'être écoutées ? La Philosophie se rendit soudain compte qu'elle s'était accoutumée avec trop de facilité au *happy end*, quand, au contraire, une glorieuse tradition littéraire lui avait enseigné que le malheur est bien plus intéressant. Elle commanda un White Russian et se prépara à tendre l'oreille.

Le barman feignait d'être débordé, mais on voyait à des kilomètres à la ronde qu'il cherchait à décrypter les murmures que Mina, enfin calmée, avait commencé à glisser entre deux sanglots. Il vaut mieux que je vous les traduise, du moins tant qu'elle ne se sera pas totalement ressaisie.

Mina reniflait et s'efforçait de retrouver une voix plus ferme. « J'ai dû partir, disait-elle en substance, parce que je n'avais vraiment pas le choix. Mais j'ai pris la fuite, littéralement, il ne le sait même pas ! De toute façon, il est parti, lui aussi. Tu vois, j'avais pensé lui parler, avant, tout lui expliquer, mais… mais… » À ce moment-là, elle sembla sur le point de s'effondrer. Deux grosses larmes, parfaitement rondes, roulèrent jusqu'à son verre et, *ploc ! ploc !*, sombrèrent dans le liquide clair. Pendant tout ce temps, Mina se débattait avec son téléphone, marmonnant des paroles confuses que la Philosophie parvint à déchiffrer : elle avait oublié de le rallumer après le vol et s'apprêtait à s'en servir à présent pour appeler le mystérieux personnage à l'origine de sa fuite de tout et de tout le monde.

La Philosophie eut à peine le temps de l'arrêter : c'est le devoir d'une amie d'empêcher non seulement les messages nostalgiques à un ancien amour à cinq heures du matin, mais également les appels insensés, notoires effets collatéraux de l'alcool triste. Elle eut à peine le temps de l'arrêter, disais-je, que Mina s'était déjà raccrochée à son verre et remise à sangloter.

Ainsi, au lieu de donner un signe de vie à son prétendu amoureux pour le rassurer, elle se décida enfin à renseigner la Philosophie sur l'embrouillamini dans lequel elle s'était fourrée.

Si l'on en fait un résumé sommaire, purgé de larmes, soupirs et sanglots paroxystiques, le tableau était le suivant.

Mina *croyait* être tombée amoureuse – elle croyait, dans le sens qu'elle n'en était pas sûre, et là résidait justement le problème principal, mais pas unique, étant donné sa situation, intriquée au plus haut point, un vrai nid à problèmes s'échelonnant à des degrés divers – d'un garçon répondant au nom de Lucio.

Ce Lucio avait un an de moins qu'elle ; il avait étudié la physique puis s'était mis en tête de devenir écrivain, même si, par pudeur, il avait décidé de ne le dire à personne tant qu'il n'aurait pas trouvé un éditeur pour le roman auquel il travaillait depuis des années, écrivant, effaçant, réécrivant. Mais il l'avait avoué à Mina, un soir, tandis qu'ils faisaient l'inventaire de la librairie dans laquelle le hasard les avait conduits à travailler ensemble. C'était un dimanche, le volet était à demi baissé, et ils étaient seuls ; ils ne se connaissaient que depuis quelques semaines mais, quand ils avaient commencé à discuter, Mina s'était étonnée de la facilité avec laquelle les mots lui venaient, de la douceur et de la précision avec lesquelles ils rebondissaient les uns contre les autres. C'était comme jouer au ping-pong et rattraper toutes les balles, une à une ; comme s'il s'agissait de la chose la plus élémentaire du monde. Mina savait que ce n'était pas toujours aisé, de se renvoyer des mots avec quelqu'un dont on connaissait à peine le nom ; elle le savait, et fut frappée du ton serein avec lequel il lui confia sa plus grande ambition, et de la simplicité avec laquelle il admit contrevenir ainsi à une règle qu'il s'était imposée il y a longtemps et qu'il n'avait, selon ses dires, jamais enfreinte. « Pourquoi tu me le dis, alors ? » lui demanda-t-elle, à quoi il répondit qu'il en avait eu envie, et que donc il l'avait dit.

C'était comme ça, parler avec lui ; la confiance semblait affleurer naturellement, il n'y avait jamais besoin d'hésiter, de se creuser la tête pour trouver une réponse. Passé ce dimanche, ils avaient continué à papoter à chaque fois qu'ils se retrouvaient ensemble à la librairie, surtout dans la torpeur des heures creuses, quand Mina déambulait nerveusement dans les rayons pendant qu'il roulait des cigarettes, posté à la caisse. Ils sortaient alors et s'asseyaient sur le seuil, côte à côte ; il fumait et lui offrait la dernière taffe, et Mina étouffait une toux au fond de sa gorge. Elle lui souriait et il lui souriait en réponse ; Mina avait presque l'impression que les mots laissaient un sillage dans l'air, en avant et en arrière, en arrière et en avant, et elle n'en revenait pas parce qu'elle n'avait jamais été bonne au ping-pong, et que même avec les mots, d'ailleurs, elle avait toujours eu maille à partir.

Une telle simplicité de communication, une telle symbiose étaient inconcevables, au cours des rendez-vous qu'elle s'infligeait depuis quelque temps pour donner une apparence élégante et un poil vieux jeu à ce qu'elle appelait des « expériences de *dating online* ». Elle se sentait un peu hypocrite, elle savait qu'il serait bien plus simple d'éviter ces conversations interminables autour d'un verre ; bien plus commode d'économiser ce temps de parole pour se jeter au lit sans préambule, mais Mina, comme elle était la première à l'admettre – non sans candeur –, avait besoin de fiction : autrement, elle aurait été mal à l'aise. Au bout du compte, elle était quand même mal à l'aise ; mais au moins, le malaise était d'une autre nature. En outre, elle se répétait que tout le monde faisait ça, et en se le disant, elle s'encourageait à poursuivre sur cette route, parce qu'on ne peut pas être toujours en train de chercher la petite bête. Il faut que vous sachiez que Mina se trouvait, alors, dans une période délicate : elle venait d'être quittée par un fiancé qu'elle avait beaucoup aimé, à l'issue d'une relation de trois ans. Elle avait l'impression que cette rupture inattendue avait signifié le naufrage de sa vie entière. Cela revenait à être amputée d'un bras : on dit qu'il arrive aux mutilés, et cela lui arrivait à elle, de ressentir une douleur profonde à leur membre fantôme – lequel était illusoire, peut-être, mais pas la douleur. Mina n'arrêtait pas d'avoir mal.

Le garçon l'avait laissée en plan, comme on dit, avec un magistral « ce n'est pas toi… c'est moi » et un exposé rempli d'affliction des raisons pour lesquelles il ne se sentait pas de *s'engager*. L'irréfutable riposte de Mina n'avait servi à rien : elle était convaincue, elle, que cela faisait déjà plusieurs années qu'ils étaient tous les deux *engagés*. Au bout de quelques mois, cependant, elle avait compris que la logique à laquelle répondait son geste à lui était bien plus inflexible que la sienne, c'était la logique du désamour. Et quand quelqu'un cesse de vous aimer, il est inutile d'essayer de le raisonner.

Aux réunions de famille, noces de cousins éloignés comme déjeuners de Noël, il y avait toujours une vieille tante pour lui donner une petite tape sur la joue en agitant devant elle de sombres avenirs de « vieille fille ». « La vie est si dure », psalmodiaient les vieilles moustachues en lançant à la ronde de séraphiques regards qui disaient combien elles avaient dû avaler de couleuvres, « comment peux-tu envisager de l'affronter seule ? ». Et elles se précipitaient plus loin pour rattraper leurs maris, la cravate déjà relâchée, qui forçaient sur la bouteille ; elles les grondaient tant et si bien qu'ils finissaient par s'endormir sur le canapé, attristés par l'ennui, à côté de leurs autoritaires compagnes. Mina observait ces scènes et se disait : et au pire, si je restais « vieille fille » ? Je n'aurais pas de mari pour ronfler à côté de moi sur le canapé pendant que je brutalise une petite nièce pour le seul plaisir de lui imposer une perspective de mariage aussi soporifique que le mien.

Quel mal y aurait-il à rester seule, à pourvoir soi-même à ses besoins ?

Photogénie

Elle décida de s'amuser un peu, de se distraire, comme on le lui serinait, et se créa un profil Tinder. Elle publia une photo surexposée sur laquelle il était difficile de la reconnaître et s'efforça de plonger dans cette fameuse mer remplie de poissons dont ses amies lui chantaient les louanges depuis qu'elle avait été larguée comme une vieille chaussette.

Hélas, elle n'était pas aussi libre qu'elle le pensait : malgré ce qu'elle disait et croyait, malgré ses bonnes lectures et l'éducation ouverte qu'elle avait reçue, il y avait en elle un fond de puritanisme dont elle n'arrivait pas à se défaire, qui la poussait à essayer de sauver les apparences, surtout vis-à-vis d'elle-même, seule responsable et témoin de ses actions. Pour cette raison, elle se forçait à surjouer la séduction au cours d'interminables rendez-vous, ou d'entretiens d'embauche, comme elle les appelait pour elle-même. Le problème, c'était que sortir avec un garçon sélectionné par un *swipe* à droite sur la base d'une photo qui ne correspondait pas toujours (pour être sincère, presque jamais) à la réalité représentait un gros risque.

Pour un type sympa et peut-être même, allez, drôle, vous aviez six ou sept apathiques ; ou possédés, ou monomaniaques, ou paranoïaques. Une fois, elle passa deux heures assise à la table d'un bar en essayant de ne pas écouter un jeune avocat obsédé par les *chemtrails*, qui voulait par tous les moyens lui prouver que l'homme n'était jamais allé sur la Lune. Elle le comprenait tout de suite, elle, quand elle se trouvait sur le seuil d'une soirée ratée. Mais elle s'obstinait, au mépris de tous ses instincts, à ne pas prendre la poudre d'escampette. Elle ne souhaitait pas se montrer malpolie envers la personne qu'elle avait en face d'elle, ni snob ou superficielle ; seulement son attitude était au moins aussi contreproductive que celle qui nous pousse à finir un livre qui ne nous plaît pas.

Un système infaillible pour transformer l'indifférence en exaspération.

Résultat, des garçons très bien, expansifs et aimables, pouvaient devenir à ses yeux de dangereux cas humains. Et ce pour la simple raison, peut-être, qu'à cause des motifs les plus divers, le désir de papoter ensemble quelques heures avant de finir par faire l'amour n'était pas encore né quand ils se rencontraient avec l'intention déclarée de passer une soirée respectant pourtant cette feuille de route. Le fait qu'en outre, cette issue implicite était établie sur la base de photographies où l'on ne montrait que son meilleur profil n'aidait pas, évidemment. Peut-être que s'ils s'étaient croisés à un dîner entre amis, ils se seraient plu ; mais connaître déjà le finale prévu pour ces rendez-vous écrasait tout, du moins aux yeux de Mina, sous le poids d'attentes trop précises pour ne pas être automatiquement déçues, dès l'instant où la réalité prenait consistance.

Vous vous direz qu'elle était masochiste : et en effet, elle l'était un peu. Mais ne le sommes-nous pas toutes et tous, quand nous nous forçons à correspondre à une image abstraite de nous-même, de notre vie, qui ne tient pas compte de la personne que nous sommes vraiment ? Elle s'obligeait à feindre d'ignorer que son caractère la conduisait à préférer certaines choses plutôt que d'autres, parce qu'elle croyait qu'elle serait mieux, qu'elle se sentirait moins seule et moins perdue, si elle se comportait comme elle avait l'impression que se comportaient *les autres*, les gens *normaux*. Mais qui étaient-ils, ces normaux ? Ce n'était pas très clair pour elle, aussi se trompait-elle forcément en présumant de leurs comportements. Il lui aurait fallu regarder un peu plus autour d'elle, au lieu de se tourmenter comme les deux sœurs de Cendrillon, lesquelles s'escrimaient, les pauvrettes, à fourrer de force leur gros pied dans la pantoufle de vair.

Quoi qu'il en soit, la conclusion de tout cela, c'était que Mina avait doublement honte – non, honte au carré : elle avait honte d'utiliser Tinder, mais elle avait encore plus honte de sa honte. Et cela la rendait tendue, incertaine. Le comble étant qu'elle, tellement pointilleuse et têtue, elle qui s'imposait de ne jamais abandonner quiconque à une table, avait plus d'une fois subi ce sort.

« Ils te plantaient là ?! » La Philosophie elle-même paraissait stupéfaite. Non que Mina fût irrésistible, mais tout de même, cela lui semblait une attitude peu chevaleresque (elle était très vieux jeu, elle). Hélas, Mina aussi était de l'ancienne école, et elle souffrait beaucoup de ce « machisme intériorisé » – et pour cette raison, ainsi que je vous le disais, elle n'était pas aussi libre qu'elle l'aurait souhaité. À tel point qu'au lieu de ressentir un sain sursaut d'orgueil, d'en avoir sa claque et de cesser d'obéir à l'idiote règle qui l'obligeait à se fader la compagnie d'hommes qui l'ennuyaient, elle avait commencé à se faire tout un tas de nœuds au cerveau, et les nœuds au cerveau s'étaient rapidement transformés en complexes. Elle se dit que si elle avait été plus attirante, personne ne lui aurait infligé pareille humiliation. Mina était petite et rondelette, le genre un peu « pot à tabac », n'ayons pas peur des mots, et elle avait à cette époque un gros buisson de cheveux roux sur la tête, une incisive légèrement de travers et de grands yeux foncés, intelligents. Elle n'avait jamais été une vraie beauté, et n'avait jamais eu la prétention de l'être. Simplement, elle ne s'était pas posé la question, jusqu'alors. Tout bien considéré, elle était contente de ce qu'elle avait. Certaines journées particulièrement heureuses, on lui faisait des compliments, et elle souriait.

Elle n'avait jamais cru qu'être belle constituait un mérite, probablement parce qu'elle n'avait jamais éprouvé la douleur de se sentir laide. Alors, de but en blanc, elle commença à penser à la beauté comme à un devoir qui lui incombait.

Elle se sentit coupable parce qu'elle se *négligeait* trop, cela lui parut inacceptable. Elle dépensa une fortune en produits de beauté : crèmes, traitements anticellulite, masques anti-frisottis. Elle voulait devenir lisse comme un glaçon, de la tête aux pieds ! Elle se mit à compter les calories, et en attendant d'être maigre et marmoréenne, comme elle s'imaginait devoir l'être, elle découvrit l'existence d'une gaine appelée Spanx, qui savait modeler une taille de guêpe à partir de rien : elle se gaina.

« Ça marche ? »

C'est-à-dire que oui, ça marchait, même si, exactement comme un soutien-gorge rembourré, cela pouvait se transformer en problème pile au moment où se réalisait la fin en vue de laquelle un tel attirail avait été choisi... Disons que la gêne suscitée par un innocent bourrelet était simplement renvoyée à un moment plus délicat encore que celui des présentations, avec, en bonus, la honte d'avoir triché – mais cela n'est que l'un des négligeables paradoxes propres à tout type de séduction. « Je la porte encore de temps en temps, pour tout te dire. » Elle souleva l'ourlet de sa robe et Sophie et le barman se penchèrent pour regarder. « Surtout parce qu'elle me tient chaud au ventre. » La Philosophie pensa qu'il s'agissait du trait d'union entre corset et cilice, mais elle garda pour elle cette réflexion.

« Mais, demanda-t-elle plutôt avec circonspection, donnant la preuve d'un certain savoir-faire psychanalytique acquis au cours des nombreuses et coûteuses séances de ces dernières années, si la plupart du temps, ces types ne te plaisaient même pas… pourquoi te compliquer la vie à ce point ?

— Parce que je voulais me prouver à moi-même que j'étais bien, j'imagine… Que je n'avais rien de travers, même si j'étais un peu triste. »

C'était devenu un défi contre elle-même, à présent ; elle avait une force de volonté remarquable. Elle avait beaucoup maigri, s'était lissé les cheveux, mais ne ressemblait toujours pas à l'idée d'elle-même qu'elle poursuivait.

Elle augmenta la cadence des *dates*, mettant à plus rude épreuve encore l'effet qu'elle produisait sur ces inconnus dont elle se fichait pourtant comme d'une guigne.

Elle avait commencé à déplacer son besoin de contrôle de son corps à son esprit, ou plutôt, à sa *personnalité*. Là aussi, il fallait être à la hauteur ; qu'elle aime les mêmes choses qu'aimerait la personne qu'elle voulait être. Par exemple, elle devait voir les films et lire les livres que cette personne aurait choisis ; démontrer, en l'expliquant comme on explique une œuvre d'art avec son titre, qu'elle avait le caractère qu'on pouvait attendre de cette personne… celle qu'elle voulait être, donc.

« Chaque fois que je sortais avec un nouveau garçon, je passais un temps fou à me définir. *Moi, je suis quelqu'un qui fait ci et pas ça, je suis faite comme ça, moi, ce genre de trucs ne pourrait jamais m'attirer*… et ainsi de suite.

— Eh oui, fit la Philosophie. Tu sais que moi, quand je sors, je les reconnais à ce type de conversations, les gens qui partagent un verre après s'être rencontrés sur une appli ? Ils passent leur temps à se définir, à tracer des limites… C'est comme s'ils mettaient au point de longues listes de qualités, des catalogues d'eux-mêmes. Grâce à ça, ils ne s'ennuient pas, au moins : ou plutôt, ils font en sorte de ne pas s'ennuyer en faisant ça. Tu me diras, ce n'est pas si bête, comme technique !

— Et si on se revoyait, par la suite, j'essayais de prouver que je n'avais dit que des choses vraies. Et le plus bizarre (elle s'était faite sérieuse), c'est que j'avais toujours peur de me trahir… Mais peut-être parce que j'étais déjà en train de me trahir.

— Je persiste à ne pas comprendre, cependant, pourquoi toi, toi qui as toujours eu ton caractère, toi qui as toujours été indépendante et anticonformiste, avec ce sens de l'humour inimitable, pourquoi tu faisais tant d'efforts pour te changer, pour t'aplatir… » Elle rit et lui pinça le ventre par-dessus la menaçante gaine. « Et dans tous les sens du terme ! Pourquoi tu te tourmentais de la sorte ? »

En effet, au bout d'un certain temps, comme c'est souvent le cas, elle s'était sentie suffisamment forte pour arrêter de se contraindre.

Un cas compliqué

Et c'est dans ces circonstances qu'elle avait rencontré Lucio. Tout à coup, elle était redevenue elle-même : sans même avoir à y penser, elle avait renoncé à faire des efforts pour incarner quelqu'un qu'elle n'était pas.

Elle n'avait pas à s'ingénier pour qu'il lui plaise : il lui avait plu. Bien vite, leurs discussions s'étaient muées en baisers, et les baisers… « Mais ce n'est pas ça le problème », fit Mina, en essayant sans succès de contrôler sa voix. Le problème était qu'il s'agissait de la situation la plus complexe qui pouvait se présenter à elle. Non seulement lui, quand ils avaient commencé à sortir ensemble, avait déjà une histoire en cours…

« Quoi ?! » s'écria la Philosophie, qui ne s'attendait pas à tant de libertinage de la part de Mina, surtout après tout ce qu'elle venait de lui raconter. « J'imagine qu'il t'a sorti le baratin habituel, le répertoire entier : qu'ils avaient des problèmes, qu'ils traversaient une crise… » poursuivit-elle d'une voix stridente. Elle était un peu déçue par son amie. Toutefois elle comprit bientôt que le tableau, dans son ensemble, était bien plus difficile à appréhender. Le garçon avait déjà une histoire, pour ainsi dire, officielle ; et aussi tout un tas d'ennuis, évidemment, comme il le raconta à Mina sans entrer dans les détails, tandis que les heures passées ensemble les liaient toujours plus. De fait, la conjoncture était particulière : il était certes déjà un couple, mais c'était un couple libre.

En bref, entre eux deux, tout était régulé par une série de contrats et de décisions partagées, et cela advint aussi entre Mina et Lucio. Quand il fut indéniable qu'ils s'étaient trop rapprochés pour pouvoir envisager de faire machine arrière, ils passèrent un accord. Ils se considéreraient comme deux amis qui couchaient ensemble de temps en temps : aucune loi n'interdisait cela !

« *Friends with benefits*, tu vois ? »

La Philosophie avait très bien saisi la référence. Elle avait vu de nombreux films sur le sujet, tous mystérieusement sortis dans le même laps de temps de quelques années. Si ses souvenirs étaient exacts, ces films prouvaient surtout combien des accords de ce genre fournissaient un excellent prétexte pour tomber fou amoureux et affronter, juste un peu plus tard que les couples traditionnels, l'inévitable série de complications afférentes à l'engagement sentimental.

Dans la vie de Mina aussi, de fait, quelques complications avaient surgi. Tout d'abord, ils n'avaient jamais été amis, tous les deux, donc cette condition semblait un peu forcée ; le problème, ensuite, subtil mais non négligeable, était qu'au fil du temps, ils étaient effectivement devenus amis, mais d'une façon qui rendait peu claires, ou plutôt résolument nébuleuses, les frontières entre cette amitié et un amour. En outre, même si tout le monde était au courant de la présence de tout le monde au sein de ce ménage élargi, on pouvait déplorer un certain engorgement.

« Mais comment est-ce possible, demandait, effarée, la Philosophie, que cette fille connaisse ton existence et reste sereine ? »

Elle ne croyait pas à des équilibres de ce genre entre personnes de chair et d'os. Bien sûr, elle avait entendu parler de couples ouverts, mais elle y voyait une légende hippie (à ce point hippie qu'elle n'entrait que rarement, et juste dans une acception exclusivement sexuelle prestement réabsorbée par les plis de l'intrigue, dans les livres et les films dont elle était dépendante).

Or ça se passait vraiment, apparemment. La fiancée officielle, une certaine Ariane, était une superbe blonde de deux mètres de haut, une espèce de déesse, et elle n'avait aucun problème avec Mina. Elle connaissait parfaitement son existence : il lui arrivait de téléphoner à Lucio quand il était à la librairie, et ce dernier nommait sa collègue sans ambages.

« Je pourrais même te montrer une photo d'elle, dit Mina, mais je n'ai pas envie d'en chercher, je finirais comme la méchante reine avec mon téléphone esclave, à utiliser le fait qu'elle soit bien plus belle que moi comme excuse pour devenir agressive. »

Dans tous les cas, ce n'était pas la présence de cette Ariane qui constituait le plus gros hic, même si elle ne contribuait bien sûr pas à simplifier les choses. Le problème le plus massif résidait dans le fait que Mina se sentait complètement désorientée. Elle n'avait, de son histoire avec Lucio, aucune image assez nette pour la rassurer et la convaincre qu'il ne s'agissait pas d'une espèce de fantasme, d'une illusion d'optique. Elle n'avait d'images ni au sens propre – parce qu'ils n'avaient jamais pris de photo tous les deux (à quoi bon ?) – ni, surtout, au sens figuré : leur amour avait beau ne pas être clandestin, il n'était pas pour autant officiel. Et à vrai dire, Mina ne savait même pas si c'était réellement un amour.

« Mais ce que tu ressens, tu le sais, non ?

— Oui ! Mais je ne sais pas ce que je devrais ressentir ! Je ne peux le comparer à rien, je n'ai aucune idée de ce qu'il faudrait faire ou ne pas faire…

— Tu sais, dit gravement la Philosophie, c'est une histoire compliquée, mais il y a au moins une chose que je peux te dire. C'est sans doute bien que cette fois, le contexte ne te permette pas de plier le réel pour le faire correspondre à une image idéale… C'est d'ailleurs peut-être pour ça que tu as choisi une situation si absurde ! Afin de ne pouvoir la confronter à aucun modèle. Tu es dans le bois, sans boussole, et tu as juste besoin de te perdre un peu pour trouver ton chemin. »

Des paroles sages, à n'en point douter – du moins en avaient-elles l'air. À présent, cependant, l'éloignement physique contribuait à projeter sur toute l'histoire un sentiment d'irréalité qui contrastait avec la douleur dont Mina se sentait transpercée. Elle avait décidé de partir, sur un coup de tête, pour éviter de causer davantage de dégâts ; et aussi parce qu'elle savait que Lucio, ces jours-ci, était en voyage avec sa fiancée officielle. Un voyage prévu de longue date, lui avait-il dit ; la librairie était fermée, et Mina, si elle était restée chez elle, se serait sûrement laissé ronger par l'angoisse. Elle était partie, et maintenant… maintenant, elle avait surtout besoin de s'éclaircir les idées. Elle avait besoin d'une épaule sur laquelle pleurer. Mais, plus que de n'importe quoi d'autre, elle avait besoin de conseils ; parce qu'elle tâtonnait dans le noir, elle ne savait que faire et se torturait en quête d'une solution qu'elle ne trouvait pas.

Voilà un cas d'école, si tant est qu'une telle école existe, pensa la Philosophie pendant que Mina, manifestement calmée, se mouchait en reprenant contenance. Toutes les complications possibles figuraient au programme : jalousie, trop grand nombre de participants, douteuse interprétation des symptômes amoureux, secrets, mensonges, vérités déplaisantes et omissions. Un cas très dur, même pour Sophie, qui en avait vu des vertes et des pas mûres durant sa longue carrière d'allégorie et de confidente.

Quelle imbécile elle avait faite, quelques heures plus tôt, en aspirant à un véritable récit d'histoire d'amour, vécue, dans toute sa rugosité ! Voilà qu'elle s'y retrouvait maintenant immergée jusqu'au cou, cernée par ces épines de rose au charme discutable. Son amie avait besoin d'elle et elle n'avait nulle intention de la décevoir ; elle se demandait, néanmoins, si elle était assez préparée pour endosser ce rôle. Elle sentait une insoutenable responsabilité peser sur ses épaules, et en attendant, se débattait à la recherche de quelque chose à dire.

Je sais : il est vraiment paradoxal que la Philosophie en personne n'eût pas de bon conseil à offrir à une amie en difficulté, *a fortiori* sur un sujet du genre, aussi universel, aussi profondément philosophique. Mais, voyez-vous, elle était très préparée sur la théorie, moins sur la pratique. En outre, cette histoire ne ressemblait guère à celles qui l'avaient rendue accro jusqu'ici : il y avait trop de nuances, trop de clairs-obscurs, trop d'incertitudes sur ce qui était juste et ce qui ne l'était pas, pour qu'elle pût impunément se référer à ces exemples et les utiliser comme outils de compréhension.

Mina tripotait encore son téléphone : la Philosophie le lui confisqua. Ça, au moins, elle en était capable. « Tu veux tout gâcher avec un coup de fil d'ivrogne en plein milieu de la nuit ? » Elle était très bonne en calcul mental, aussi n'avait-elle aucune difficulté à dominer les différents fuseaux horaires. « Raisonner ! Nous devons raisonner ! » conclut-elle avec une pichenette affectueuse sur la main de Mina.

« C'est qu'il me manque », pleurnichait celle-ci.

Une arrivée inattendue

« Mais quel enfer ! Mais quelle angoisse ! Mais quel ennui *ab-so-lu* ! »

La Philosophie sursauta, manquant de laisser tomber son verre. Elle la connaissait, cette voix. Trop bien. Ce n'était pas possible, ce n'était ni humainement ni allégoriquement possible que… Elle se hâta de chasser la pensée, se convainquit d'avoir été victime d'une hallucination auditive.

Mais Mina avait cessé de parler. Avec une lenteur extrême, et l'espoir encore tenace de se méprendre, plaçant tout ce qui lui restait d'optimisme dans la tendance des sens à la tromperie – l'une de ses plus anciennes fixettes –, la Philosophie ouvrit les yeux, souleva la tête et jeta un coup d'œil par-dessus la monture de ses lunettes de vue (elle était un peu astigmate).

Elle ne s'était pas leurrée, évidemment, et ses sens ne s'étaient pas trompés. Ils ne se trompaient presque jamais.

Elles avaient de la compagnie.

Et avec son indiscrétion habituelle, ce mufle lourdingue avait jugé bon de se planter à deux pas de leur table, pour épier toute la conversation. Allez savoir depuis combien de temps il était là ! Il ne manquait vraiment pas d'air.

Pianissimo, avec toute la classe dont elle était capable, la Philosophie ôta ses lunettes tandis que lui, l'éblouissant de son sourire à trente-deux dents, courut la prendre dans ses bras. On ne pouvait pas dire qu'il n'était pas affectueux, à sa façon.

« Je t'ai trouvée ! »

Il riait et sautillait comme un bouquetin ivre.

« Je t'ai trouvée, ma chérie », et il lui appliquait de gros baisers sur les joues malgré les timides tentatives de la Philosophie pour se dérober à cet assaut.

Mina, qui s'était réfugiée sur une balancelle, les fixait, interdite. Sophie, une tête de six pieds de long, fut contrainte de faire les présentations. Self-Help était enthousiaste, il commanda du champagne pour tout le monde et s'assit avec elles. Tira de sa poche une liasse de dépliants qui ressemblait à un accordéon et, sans laisser le temps aux deux amies de dire ouf, se mit à lister les mille activités récréatives qui avaient fait la renommée de l'île, des danses folk à un complexe éventail de sports subaquatiques.

« Et demain matin, *zou*, tout le monde au snorkeling, comme si c'était notre dernier jour sur terre ! » disait-il en gesticulant, prêchant qu'ici, la barrière de corail était mille fois plus belle qu'en Australie où, de toute façon… Et il parlait, parlait, parlait.

« Ici, on ne s'ennuie jamais ! » répétait-il, affichant un immense sourire hypnotique, d'un blanc immaculé, dans lequel tout semblait disparaître, comme celui du chat d'*Alice au pays des merveilles*. « Même une vieille intello comme toi ne pourrait pas s'ennuyer, ici », disait-il à la Philosophie, en lui secouant affectueusement le bras. « Maintenant que je suis là, d'ailleurs, l'ennui est absolument *in-ter-dit* ! » Mina se rendit compte que Sophie paraissait agacée et renfrognée, mais qu'elle ne retirait pas son bras.

Quant à elle, Mina, elle devait encore avoir une tête d'enterrement – à moins que Self-Help n'eût espionné l'intégralité de leur conversation. Toujours est-il qu'une fois listées toutes les activités auxquelles elles auraient dû *impérativement* dédier les jours à venir, il la dévisagea et, formant avec sa bouche une moue compatissante, sortit une phrase du type « Mais j'ai peut-être interrompu quelque chose ? », et voyant que la fille restait muette, encouragé par son silence, poursuivit :

« Si je ne me trompe pas, nous nous trouvons face à un cas déclaré de souffrance amoureuse ! Et pourtant tu es si *mignooooonne* (il lui souleva le menton avec un geste fripon), si seulement tu te *valorisais* un peu plus ! Il suffit d'un rien, tu sais ? Mais il faut que tu y croies, tu dois croire en toi-même, petite sœur, autrement, on n'ira nulle part ! »

Petite sœur ? Elle n'en croyait pas ses oreilles. La Philosophie ricanait, ce qui était assez inattendu ;

ou bien riait-elle pour ne pas pleurer, tout simplement ? songea Mina. Ou parce que Self-Help continuait, impassible, à remplir son verre à chaque fois que le niveau de champagne baissait d'un doigt ?

Quand Sophie se décida enfin à prendre la situation en main, Mina avait eu droit à l'exposé d'un plan très compliqué à l'issue duquel elle serait devenue non pas belle mais véritablement *bombesque,* et qui prévoyait différentes interventions chirurgicales, ainsi que de drastiques variations capillaires et un changement *radical* de garde-robe.

« Allons nous changer pour dîner », fit la Philosophie en tirant Mina par le bras ; titubant légèrement, elles regagnèrent leur maisonnette. Self-Help leur envoyait de copieux baisers accompagnés d'amples gestes de la main.

« Il ne va plus nous lâcher, celui-là », murmura-t-elle pendant qu'elles rentraient dans le bungalow. Mina pensa qu'elle avait l'air moins irritée qu'elle n'aurait voulu le montrer, mais elle garda cette réflexion pour elle.

Autoportraits et mensonges

Michel de Montaigne

Il faut que vous sachiez que Rousseau – lequel, surtout dans ses *Confessions*, n'a pas lésiné sur les récits intimes parfois inconvenants – écrivit que Montaigne, dans ses *Essais*, où il se dépeignait, aux dires de ce dernier, avec une sincérité et un respect de la vérité absolus, s'était tiré le portrait, certes, mais de profil ; et il insinua que peut-être, dans la partie du visage restée dans la pénombre, il cachait une cicatrice ou quelque autre défaut que nul n'aurait pu voir.

Mais quand on se raconte, que l'on se confesse, même, est-il vraiment possible d'être franc, de se montrer en entier, nu et cru, avec une objectivité sans réserve ? Je crois en ce qui me concerne que l'acte de se raconter (dans un autoportrait monumental comme celui de Montaigne, ou sous quelque forme plus modeste comme celle d'un selfie ou d'un profil sur les réseaux sociaux, que nous avons plus ou moins toutes et tous, même quand nous n'avons pas l'intention de rédiger notre autobiographie) implique pour tout un chacun, automatiquement, une interprétation nécessairement non neutre.

> *On ment donc toujours un peu quand on se raconte soi-même, on choisit quoi dévoiler et quoi dissimuler, mais il n'y a pas de mal à ça, au contraire : cette interprétation aussi fait partie de l'autoportrait.*

L'art de se représenter soi-même

Et il n'y a pas de quoi se scandaliser non plus de l'égolâtrie de nos temps modernes. Le *self-fashioning* n'est pas une nouveauté, loin de là : d'ailleurs l'expression a été inventée par un historien, Stephen Greenblatt, dans une étude qui – imaginez un peu ! – décrit le soin minutieux avec lequel les seigneurs du XVIe siècle façonnaient leur propre image.

Aujourd'hui, simplement, le narcissisme semble avoir plus de moyens à sa disposition. Les photographies analogiques, que certains se rappellent encore, voire utilisent, savaient révéler sans fard des vérités imprévues, parce que même en prenant la pose, il était impossible d'anticiper précisément ce qui allait s'imprimer sur la pellicule. Les photographies digitales, en revanche, qui les ont presque totalement supplantées, nous permettent *a priori* de choisir de la manière la plus précise qui soit ce que nous voulons raconter de nous aux autres, et ce que nous voulons taire ; parce que nous avons une très grande liberté pour sélectionner, modifier, contrôler – à moins d'être photographié en cachette ; mais cela, c'est encore une autre histoire. Tel est notre grand privilège, certes, et il offre à nos autobiographies d'inédites possibilités créatives et narratives ; mais comme tous les privilèges, il se paie. Par exemple, même si cela peut paraître étrange, ce pouvoir de contrôle accru sur notre image augmente, plutôt qu'il ne les diminue, nos préoccupations par rapport à la façon dont nous voient les autres.

Ainsi, même la chronique narcissique de l'amour – qui tend à contrôler l'iconographie d'une relation sous tous ses aspects, pour la rendre présentable et représentable à chaque instant, arrachant du terrain aux secrets, aussi bien les douloureux que les gentiment cochons – accuse une grosse limite, précisément parce que son pouvoir de contrôle, en théorie, n'a pas de limites.

Contrôle de l'image et angoisse

Vous vous en serez rendu compte, vous aussi : plus il existe de moyens de tenir l'angoisse à distance, plus l'angoisse grandit. Au lieu de répondre par un sain fatalisme au cliché impitoyable qui dévoile ce que nous voudrions garder caché, qu'il s'agisse d'un furoncle ou d'un regard éteint, d'un moment qu'on préférerait oublier ou d'une auréole de sueur, nous nous pressons de l'effacer. Et, de la même façon que nous cherchons à polir notre image physique, au nom de la sacro-sainte recherche du bonheur (jamais autant célébrée qu'à notre époque, qui fait de l'hédonisme un art trop raffiné pour être véritablement gratifiant), nous avons la possibilité de rendre propre, attirante et présentable celle de nos histoires.

Seulement, ce genre de bonheur contrôlé et bidimensionnel, celui qui fait de belles photos parce qu'il se déplace peu – ce bonheur est trop statique pour rendre compte des abysses, des contradictions et des nuances que celui ou celle qui le vit vraiment trouvera dans l'amour.

Cicatrices et médailles

Il est facile, alors, de se surprendre à comparer ses propres misères, les revirements continus qui font tressauter comme un sismographe n'importe quelle chronique réaliste d'un amour, avec une image idéalisée et immobile, et d'en conclure, par conséquent, que nous sommes ratés, que nous ne *fonctionnons pas*. Mais pourquoi nous semble-t-il plus logique de faire ressembler notre vie à un portrait ? Pourquoi ne serait-ce pas le contraire ? Peut-être vaut-il simplement mieux cesser de se regarder fixement devant le miroir, cesser de se contraindre à se montrer de trois quarts pour cacher une cicatrice, et tenter au contraire de raconter, même si les images seront floues, l'effort souvent ingrat que constitue le soin envers une autre personne, et par là même, envers soi. Et adresser ainsi un bon vieux pied de nez aux clichés qui affichent notre pire profil. Tout le monde n'en a-t-il pas un ? Il ne saurait, sinon, y en avoir un meilleur à offrir à l'objectif.

Et, quoi qu'il en soit, on tombe amoureux aussi de ce qui reste caché au premier regard ; même des cicatrices. « Les enfants montrent leurs cicatrices comme des médailles. Les amants les utilisent comme des secrets à dévoiler », a écrit Leonard Cohen ; et il avait tout à fait raison.

3
Le cœur fait-il la loi ?

> Il y a des gens qui n'auraient jamais été amoureux s'ils n'avaient pas entendu parler de l'amour.
>
> François de La Rochefoucauld

Peut-on se fier à ses propres désirs ?

Ça vous est arrivé à vous aussi, non ? Vous retrouver par hasard à flâner dans une ville que vous alliez habiter un jour, dans un futur que vous étiez pourtant loin de soupçonner à l'époque de cette première visite, quand vous fouliez le pavé avec insouciance ou vous émerveilliez de la couleur du ciel sans prêter attention aux cyclistes, aux passants qui semblaient chez eux, ici : votre chez-vous, alors, était ailleurs, et vous ignoriez qu'un jour vous alliez justement le chercher – sans le trouver, ou bien si – dans cette ville, parcourue sans prémonition, sans aucune attente de votre part. Dans ces villes dont les noms nous seront un jour familiers, peut-être serons-nous heureux, ou désespérés ; nous y resterons peut-être pour toujours, ou nous enfuirons au plus vite. Ce qui compte, c'est que durant notre premier et ingénu repérage, nous n'avions pas la moindre idée d'être destiné à ce ciel, ou même à cet immeuble dont nous avons aperçu la porte – du coin de l'œil, sans s'attarder – s'entrouvrir sur une volée d'escaliers en pierre grise, à l'initiative de quelqu'un, en haut, qui connaissait l'identité de la personne lançant « C'est moi ! » dans l'interphone.

Voilà : il était arrivé quelque chose de ce genre à Mina, quand elle avait rencontré Lucio pour la première fois. Un matin, elle avait débarqué à la librairie morte de fatigue. Elle était sortie la veille au soir, avait bu trop de Negroni, et dormi deux heures à peine. Et comme si cela ne suffisait pas, elle venait de se brûler avec deux petites cuillères glacées, mises au freezer dans le but d'être appliquées sur les poches qui gonflaient sous ses yeux (un vieux truc que lui avait enseigné la Philosophie, mais qui devait, à la différence de ce qu'avait fait Mina, être effectué avec doigté, l'excès de froid brûlant autant que le chaud). Elle avait peut-être les yeux moins boursouflés qu'au réveil, mais aussi deux grosses taches rouges qui gagnaient ses pommettes. Elle s'était ensuite rendu compte, en enfourchant son vélo, qu'elle portait une chaussette noire et une chaussette bleue ; elle pria pour qu'elles restent dissimulées sous le pantalon en velours kaki qu'elle réservait aux journées comme celle-ci, parce qu'il lui donnait l'impression d'être emmitouflée, cachée et couverte. En somme, une matinée désastreuse.

Elle accrocha son vélo devant la librairie et, levant les yeux au ciel, eut la conviction qu'il allait pleuvoir – à coup sûr, pile au moment où elle commencerait à pédaler vers chez elle : la loi de Murphy ne rate jamais. De très méchante humeur, elle poussa la porte et entra, provoquant l'effondrement d'une pile de livres qu'elle avait négligemment abandonnée au sol la veille au soir, alors qu'elle était en retard pour son rendez-vous catastrophique. Le chef n'allait pas la louper, s'il s'en rendait compte… Lequel chef, évidemment, bien qu'il n'apparût pas sur le planning, se trouvait déjà dans l'arrière-boutique. Comme un coup de tonnerre, Mina entendit sa voix chantonner *Domenica bestiale*, son titre de prédilection quand il actionnait la machine à café. *De pire en pire*, pensa-t-elle ; et c'est seulement à ce moment-là, alors qu'elle était en train de mériter jusqu'au dernier hurlement le bruyant savon qui l'attendait, qu'elle aperçut un garçon aux cheveux bruns et frisés penché sur la pile de livres. En un clin d'œil, il avait replacé les volumes les uns sur les autres. Le chef, Gianni, n'allait s'apercevoir de rien.

Sonnée, Mina sourit à l'inconnu, qui lui rendit son sourire ; elle attendit cet instant pour se demander ce qu'un client pouvait bien faire dans la librairie de si bon matin. Si elle avait été un peu moins dans le coaltar, cette anomalie l'aurait probablement frappée plus tôt – par exemple, quand elle avait trouvé la librairie déjà ouverte, elle qui, chaque jour que Dieu faisait, s'écaillait les ongles en remontant le rideau de fer.

« Et donc ? »

La Philosophie espérait qu'elle se dépêcherait de raconter au moins le tout premier rendez-vous avec Lucio, parce qu'elle mourait d'envie d'en savoir plus, mais surtout parce qu'elle était sûre que d'ici à quelques minutes, Self-Help allait rappliquer devant leur bungalow pour les traîner, de gré ou de force, à la leçon de snorkeling qui commençait à dix heures. Il était déjà neuf heures et demie et, pour être tout à fait honnête, elle trépignait à l'idée d'étrenner son maillot une pièce rouge très échancré, sur lequel s'étalait en grosses lettres blanches l'inscription « BAYWATCH ».

« Donc, dit Mina, ce n'était pas du tout un client. »

Parce que je n'avais rien à faire

Ils s'étaient rencontrés ainsi, comme cela aurait pu se produire dans un des livres ou des films qui plaisaient tant à la Philosophie ; à ceci près que, réalité oblige, les marques rouges que Mina avait sur les pommettes la démangeaient à mourir, que ce n'était pas un maquillage de plateau. Et tout l'ennui et la désillusion qu'elle couvait depuis des mois étaient effroyablement réels – pas une ligne de scénario.

Gianni sortit de l'arrière-boutique et lança à Mina sans préambule : « Voilà, c'est Lucio, à partir d'aujourd'hui il travaillera avec toi. » Naturellement, il n'avait pas pipé mot de ce recrutement, mais rien d'étonnant à cela : il ne disait jamais rien, mettant toujours tout le monde devant le fait accompli, y compris quand il avait introduit un rayon « Enfants » dans la librairie. D'ailleurs l'idée n'était pas mauvaise, car depuis qu'elle accueillait cette nouvelle section, la librairie était prise d'assaut tous les après-midi par une horde de mioches survoltés, de mères et de baby-sitters – à côté des livres cartonnés, des petites tables, des feutres et des pastels se trouvait également un comptoir : autre projet réalisé presque du jour au lendemain, et fort apprécié de ces dames. Gianni savait y faire.

« Tu es contente d'avoir un collègue ? Fais-lui la visite et sois gentille avec lui », ajouta-t-il avant de s'éclipser comme toujours sans explication – il aimait jouer les vieux ours.

Un nouveau collègue.

Mina leva ses yeux cernés et le vit, sans déception parce que sans illusion. Surtout, elle vit ce visage sans savoir qu'un jour, elle en tomberait amoureuse.

Si elle avait caressé dans sa tête des fantasmes plus précis, si elle avait eu une idée définie de ce à quoi elle pouvait s'attendre, de ce qui pouvait lui incomber, elle se serait retrouvée à comparer à cette image idéale ce que la vie, comme si de rien n'était, était en train de lui offrir. Or ce matin-là, elle n'espérait rien, ne pensait à rien, ne s'attendait absolument à rien. Elle était dans un état mental où se mêlaient la défiance, l'ennui, la monotonie des journées qui s'enchaînent ; je ne dis pas qu'il s'agissait d'une attitude à imiter, je vous la déconseillerais, même, si j'étais là pour vous conseiller ou vous déconseiller quoi que ce soit. Mais de fait, cela arrive plus ou moins à tout le monde, pour les raisons les plus diverses qui soient, de se retrouver dans des conditions semblables.

« C'est pour ça je crois que, très souvent, c'est l'ennui qui nous fait tomber amoureux », dit Mina, et la Philosophie s'étonna de ce curieux propos. Mais elle savait que dans les choses bizarres se loge volontiers un grain de vérité, aussi était-elle en train de réfléchir à ces mots quand elle entendit, à l'extérieur du bungalow, une voix qui chantonnait :

Mi sono innamoratoooo di teee

Perchéééé

Non avevo niente da fareeee[1]

1. « *Je suis tombé amoureux de toi parce que je n'avais rien à faire* » extrait d'une célèbre chanson de Luigi Tenco.

Évidemment, son interprétation était excessive, surjouée, agaçante et maniérée, car c'était un virtuose du karaoké, un dompteur de micros, un roi des reprises – du moins est-ce ainsi qu'il se définissait, quand il parlait de sa passion pour le *bel canto* et du pouvoir thérapeutique de ce passe-temps. Évidemment, il torturait les paroles de Tenco, et en toute logique, la Philosophie aurait dû en avoir des frissons. Au lieu de quoi, elle s'étonna simplement qu'il fût en train de chanter cet air-là ; comme s'il avait lu dans ses pensées.

« Parce que quand on s'ennuie, d'une certaine façon, on est plus proche de soi-même, poursuivait Mina, toute à son récit. C'est comme si on se retrouvait soudain sans la protection de toutes les images qu'on se construit spécialement pour chasser l'ennui, et qui nous camouflent, et qui nous cachent la réalité, et nous rendent chipoteurs, difficiles… »

C'était vrai.

« L'ennui, en revanche, nous laisse sans défense », ajouta-t-elle avec une certaine gravité.

Et travailler dans une librairie, sachez-le, peut être très ennuyeux. Mina et Lucio avaient commencé ainsi, l'air de rien, à s'ennuyer ensemble, lors de longues matinées sans clientèle, sinon quelques vieilles dames flanquées d'un caniche en laisse, aussitôt effrayé par Trognon, le chat des lieux, hirsute et maigre comme un clou, continuellement halluciné parce que, selon la légende, dix ans plus tôt, à Bologne, quand il était encore un adorable petit chaton et Gianni, un hippie viré de la fac, l'innocente pelote de poils avait ingéré une boulette de marocaine. Ils s'ennuyaient en compilant des listes de retours, en ajoutant des données de ventes dans l'ordinateur, en rangeant la réserve, en remettant en ordre, en fin de journée, les longues enfilades de livres qui, comme des perles sur un collier, devaient conserver une certaine disposition mystérieusement bouleversée, chaque après-midi, par les mains des clients. Au début, le garçon, bien que gentil, parut à Mina un poil trop tatillon ; il était le dernier arrivé et pourtant, il avait l'air de devoir se mordre la langue à chaque fois qu'elle oubliait quelque chose…

« … Et Dieu sait combien de fois ça devait arriver ! » pouffa la Philosophie, parce que la distraction de Mina était proverbiale.

En somme, le garçon était un peu donneur de leçons, c'était le mois de novembre et il pleuvait tout le temps, et Mina n'était pas de la meilleure humeur. Ils pouvaient passer des heures entières sans échanger un mot, puis un client bizarre poussait la porte et quand il ressortait, ils se regardaient et se mettaient à rire à gorge déployée, comme ça, et les mots ne semblaient plus si indispensables. Puis arrivèrent les jours de l'inventaire, quelques semaines avant Noël. Mina et Lucio passèrent un dimanche entier dans la librairie fermée ; le soir venu, ils n'avaient toujours pas fini. Gianni s'était envolé en Norvège pour le week-end avec sa femme et leurs quatre pestes de filles, mais le lendemain matin, à neuf heures précises, il allait surgir, ponctuel comme toujours, et gare à eux s'ils n'avaient pas fini le travail. Il faisait nuit dehors et Mina était angoissée. Lucio s'en rendit compte et dit seulement « On va y arriver, tu vas voir », et il sortit téléphoner, comme tous ceux qui ne veulent pas être entendus pendant qu'ils parlent avec leur fiancée officielle. De l'autre côté de la vitrine, Mina le voyait, sur le trottoir, éclairé par les cônes lumineux des lampadaires, fumer nerveusement et parlementer avec ce calme superficiel sous lequel pointe l'irritation, la sérénité farouche des hommes qui n'aiment pas se disputer.

« On reste tant qu'on n'a pas fini, d'accord ? lui demanda-t-il en rentrant. Ou tu avais des plans ?

— Non, non, répondit Mina, personne ne m'attend.

— Ça peut être une chance aussi. Ça dépend du point de vue », s'esclaffa-t-il, et Mina trouva que c'était une phrase un peu violente. Lucio aussi, manifestement : peut-être pour atténuer cette impression, peut-être parce qu'il avait enfin envie de parler, il se confia sur sa vie et sur la dénommée Ariane.

Sans bien savoir comment lui venait à l'esprit de s'épancher auprès de quelqu'un qui lui était plus étranger qu'un inconnu – un collègue ! – sur un thème aussi délicat, sans se laisser le temps de se demander s'il était vraiment opportun de dire ce qu'elle était déjà en train de dire, Mina commença à lui raconter ses aventures, les rendez-vous improbables et les cuites anesthésiantes. Elle lui parla de la façon étrange dont ces entrevues occasionnelles formaient des arabesques irrégulières, rebaptisées par elle « géométries non euclidiennes ».

Lucio riait et pour la première fois, elle se surprit à penser qu'il la trouvait peut-être sympa ; elle ne s'était jamais posé la question, jusqu'alors, et s'était sereinement montrée sombre et grincheuse, selon son humeur, comme s'il n'existait pas. Mais elle découvrait maintenant qu'il avait une manière de rire, plissant les yeux en deux fissures obliques, qui donnait envie de rire avec lui. Ils parlèrent et parlèrent, tandis qu'ils poursuivaient distraitement le travail qui avait précédemment absorbé toute leur attention ; le plus singulier étant que maintenant que le catalogage avait été relégué au rang d'activité secondaire, ils avançaient beaucoup plus vite.

Il lui parla encore d'Ariane et de l'accord qu'ils avaient passé, stipulant leur statut de couple libre. Quelque temps auparavant, Mina aurait été pour le moins étonnée d'un choix si ouvertement libertin ; mais elle en avait vu de toutes sortes, ces derniers mois, dans l'improbable galerie de portraits fréquentés un soir ou deux. Elle s'était rendue plus hermétique à la surprise et à l'indignation. « Mais ça fonctionne ? » demanda-t-elle simplement, et il répondit : « Ça dépend », du reste la seule réponse toujours valide au sujet des équilibres amoureux. Elle ne lui demanda pas pourquoi ils avaient décidé d'aménager ainsi leur relation, même si elle aurait aimé le savoir.

C'était presque l'heure de dîner, Mina avait faim et il eut une idée qui lui sembla merveilleuse. « Et si on allait au supermarché acheter des bonnes choses et qu'on se préparait un petit dîner ici, dans la kitchenette du bar ? »

Il la questionna sur son plat préféré. « Les pâtes à la tomate », répondit-elle ; il lui dit que dans ce cas, ils allaient manger des pâtes à la tomate. Ils achetèrent des tomates pelées et même une tête d'ail ; et dans la kitchenette du bar, toutes lumières allumées et rideau de fer à moitié baissé, il lui prépara à dîner tandis que Mina, épuisée, se reposait un instant sur l'un des poufs de la section jeunesse. Le parfum de l'ail frit se répandait dans l'air, et elle se sentait si sereine, si protégée, qu'elle s'endormit comme une pierre. Il s'en rendit compte quand le repas était presque prêt et qu'il l'appela en vain ; alors, il s'allongea à côté d'elle, lui toucha doucement, très doucement l'épaule et en ouvrant les yeux, elle vit son visage, si proche, si calme, souriant et étonnamment beau, qu'elle se sentit envahie d'une drôle de félicité suspendue.

Ils restèrent à se regarder en silence ; comme si elle s'observait de l'extérieur, Mina, avec une inexplicable impassibilité, comprit que c'était l'un de ces silences qui précèdent les baisers entre deux personnes se désirant vraiment – elle n'avait connu de silence aussi épais, tendu et profond au cours d'aucun de ses *dates* récents, pourtant ponctués de baisers. C'était comme si l'air était sur le point de vibrer ; la suspension dura un temps indéfini, incalculable, pendant lequel ils gardèrent les yeux grands ouverts, comme s'ils ne savaient plus battre des paupières. Puis, avec une immense et exaspérante lenteur, il approcha sa bouche de sa bouche à elle ; elle qui aurait encore pu se dérober, quand ce mouvement très lent avait commencé. Elle aurait pu s'éloigner, non pas une mais deux, trois, quatre, cinq fois ; elle aurait pu s'enfuir, faire semblant de rien. Elle ne le fit pas.

Ils s'embrassèrent longuement, inconfortables et heureux, emmêlés tels de petits chats sur le pouf de la libraire. Et quand ils se détachèrent, Mina fut sidérée par le frisson laissé par ce baiser dans sa poitrine, à la hauteur du sternum, emprisonné dans sa cage thoracique, comme un rire qui ne se décide pas à sortir. « C'est peut-être juste la faim », lui dit-elle, et enfin, elle rit.

Ils mangèrent leurs pâtes à la tomate, heureux et affamés. Ils ne parlèrent pas beaucoup de ce qu'ils étaient ou n'étaient pas ; mais après ce dimanche, Mina n'avait qu'une hâte en se réveillant : courir au travail. Elle fonçait à vélo et chantait, nul ne savait ce qui lui arrivait, tout était secret et indéfini, mais ceux qui la connaissaient lui disaient : « Comme tu es en forme, dis donc, comme tu es belle, aujourd'hui », et elle pensait deviner pourquoi.

Après cette soirée-là, ils devinrent à la fois amis et amants, même s'ils essayèrent longtemps de ne pas définir leurs rapports en des termes précis. Cela ne semblait pas utile. Ils parlaient beaucoup, cependant, de tout ; Mina avait l'impression de n'avoir plus peur de rien, elle se sentait euphorique et insubmersible.

« Mais il était fiancé ! » aurait voulu s'exclamer la Philosophie avant de se souvenir que, parfois, nous ne nous indignons que parce que nous sommes convaincus de ne pouvoir nous permettre les comportements blâmés.

Elle songea qu'elle aussi, dans une situation semblable, se serait laissé embrasser, elle qui n'avait jamais été embrassée, et avec un soupir, elle se rappela qu'elle avait mis un point d'honneur à ne pas désirer les êtres humains, ni les plaindre, ni les juger ou les critiquer ; à essayer, en tout cas. Elle devait surtout – devait et voulait – comprendre. Or, elle était si prise par le récit qu'elle faillit l'oublier.

« Et quand est-ce que tu as commencé, demanda-t-elle alors avec une certaine prudence, à... disons... prendre en considération l'hypothèse d'être tombée amoureuse, comme tu me disais hier ? »

C'était à l'instant où elle s'était rendu compte qu'en sa présence, elle se sentait plus heureuse.

Printemps hors saison

On aurait dit qu'une force bizarre naissait de leurs conversations, des moments qu'ils passaient ensemble, des pensées où elle l'imaginait avec elle, une puissance qui finissait par embraser toutes les journées, toutes les heures et les minutes de Mina, y compris celles qui constituaient la majeure partie de sa vie : les moments où il n'était pas là. En elle grandissait, secrètement, l'idée de lui : une idée faite un peu des souvenirs qui, sans qu'elle s'en rendît compte, se construisaient lentement ; un peu d'attentes floues, et d'aucune promesse sinon une seule, qui n'était d'ailleurs pas une promesse : c'était plutôt un fait, advenu dans un passé encore proche, qui paraissait destiné à se réverbérer sur leur avenir. Il s'était laissé regarder par elle, tandis qu'elle se laissait regarder par lui, et ils s'étaient dit la stupeur d'avoir montré, par confiance et tendresse, leur peur, entière et nue sous les yeux de l'autre.

Ils ne s'étaient certes pas dit qu'ils s'aimeraient pour toujours ; ils ne s'étaient même pas dit qu'ils s'aimaient. Pour être exact, l'idée ne leur était pas même venue de le faire. Ils s'en tenaient à une exemplaire parcimonie langagière, mais lui, quand elle était fatiguée, l'avait laissée dormir et avait cuisiné pour elle la première chose qui lui était passée par la tête, des pâtes à la tomate, comme on le fait pour un enfant. Et le souvenir de cette soirée, jamais évoquée à voix haute par la suite, lui permettait à présent de sentir en elle, à chaque instant, l'idée de lui qui grandissait, grandissait, quand elle était fatiguée, quand elle ne pensait à rien, quand il pleuvait et qu'elle prenait le tram pour rentrer chez elle, et qu'elle se retrouvait alors seule, au milieu d'une foule, entre bavardages et écrans de téléphones, et que les lumières des enseignes défilaient sur la vitre.

Et cette constante proximité de l'idée de lui la rendait plus heureuse, mais il ne s'agissait pas d'un bonheur facile ou immédiat. Mina n'était pas sereine le moins du monde, à cette période : elle éprouvait une joie turbulente, presque tourmentée, qui bouillonnait en elle et l'écartelait. L'automne s'engageait à présent dans l'hiver, et il s'accompagnait d'une présence qui n'avait jusqu'alors été qu'un nom ; maintenant, tel un aimant exerçant sur elle son pouvoir, cette présence causait cet état d'âme si nouveau, si différent du bonheur apaisant, placide (et au fond, impossible à supporter sur de longues périodes), que nous nous représentons quand nous l'imaginons de manière abstraite. La vie l'emplissait d'un sentiment de fête, à croire que les jours s'ouvraient devant elle comme des fleurs, révélant leur lot de surprises ; c'était comme si ses forces s'étaient démultipliées, la gorgeant d'énergie et d'émerveillement. Comme si les douleurs qu'elle avait, les petites contrariétés quotidiennes, s'étaient soudain dissoutes.

Elle se sentait un pouvoir sur sa vie qu'elle n'avait jamais soupçonné auparavant – un jeune arbuste vigoureux découvrant pour la première fois que le vent ne peut pas le plier. Éclipsée par cette douce euphorie, par le sourire suspendu qui, tel un petit bijou discret, ornait constamment un coin des lèvres de Mina, la sensation d'être otage et presque victime des événements, d'un destin qui la malmenait, cette sensation avait disparu ; elle n'arrivait pas même à la faire revivre par sa simple imagination.

C'était comme assister à l'éruption d'un printemps inattendu et prématuré.

Les bourgeons explosaient, les boutons de fleurs gonflaient, d'un vert cru contre les branches sombres qui semblaient, encore la veille, irrémédiablement sèches. De tendres petites feuilles lisses, luisantes, bruissaient dans un silence d'attente ; les journées s'allongeaient, le pépiement des oiseaux parvenait d'invisibles ailleurs ; la lumière était différente. Mina marchait dans la rue et trébuchait sur les fleurs. Le ciel paraissait dégagé, et on eût dit que le temps recommençait du début, comme s'il n'y avait pas de passé et qu'il ne devait pas y avoir de futur, dans cette beauté retenue.

Dans la pression des surgeons sur le point de percer, dans les drageons verts, dans l'éloignement progressif du crépuscule, il y avait, oui, le poids d'une attente, des fleurs et des fruits qui allaient arriver, du solstice de plus en plus proche chaque jour ; mais ces attentes paraissaient encore abstraites, des idées fragiles dont on se débarrasse d'un simple geste de la main, comme on le ferait d'une guêpe sans penser, ou avant de penser, que l'insecte, justement excité par ce geste, pourrait finir par nous piquer.

Exactement comme en été – quand chaque instant est une promesse adressée au futur, un pas en avant, une page arrachée au calendrier qui rend l'été toujours un peu plus proche –, il semblait encore possible, malgré la tension électrique du désir, de s'immerger dans la beauté du moment, de feindre qu'il durerait éternellement. Le soir, cependant, arrivait chaque jour un peu plus tard, les bourgeons s'ouvraient, l'ombre des feuillages s'épaississait sur les trottoirs.

« Mais donc, lui demandait la Philosophie, non sans stupeur, donc tu étais dans cet état alors que tu n'avais aucune certitude que vous alliez rester ensemble ?

— Je n'y pensais jamais, répondit Mina, qui ne mentait pas. Pendant des semaines, je n'y ai pas pensé », dit-elle, et ce n'était pas une exagération : parce que, si étrange que cela puisse paraître, dans ce printemps inespéré (peut-être, pour cette raison, tellement printemps), le futur semblait impensable et tout restait suspendu.

Les fleurs giflées par une rafale de pluie, atterries au sol où elles moisissaient comme de la dentelle trempée sur le bitume d'avril étaient, sur la branche, parfaitement identiques à celles qui allaient devenir des cerises en juin. De la même façon, ce début resplendissait de la magnifique possibilité d'être simplement dissipé, et de la certitude que le lendemain était encore imprévisible. En fait, c'était précisément de cette réticence à se soucier du lendemain que se gonflaient, comme des bourgeons prêts à exploser, les instants que les deux amants passaient ensemble ; ils s'en remplissaient jusqu'à la torture, jusqu'à l'épuisement – l'épuisement de toutes les énergies, de la tendresse, du temps et des mots.

On ne pense pas vraiment au lendemain, quand on émerge assommé et stupéfait, engourdi et exalté par l'enchantement tissé d'imperceptibles, de très précises sensations – de compréhension, de proximité, de peurs ancestrales qui s'effritent devant la certitude qu'il existe quelqu'un pour les comprendre, les embrasser, les voir et les accepter. Quand, au début d'un amour, chaque après-midi passé ensemble s'ouvre ainsi au possible, au monde, au temps tout entier, il n'y a aucun lendemain, on ne pense pas aux réveils imminents, on ne se répète pas à quel point il serait nécessaire de programmer, projeter, ajuster. Tout semble mesquin, il paraît idiot de réfléchir à la grêle qui arrivera avec l'été, quand le soir tombe encore presque tôt et que l'on peut savourer le coucher de soleil, le siroter, tant nous a semblé interminable l'hiver qui a précédé le retour de ces douces journées aux promesses imprécises.

Dans le présent des deux amants, le profil du futur ne se dessinait même pas au loin. C'était comme l'une de ces journées où, de bon matin, l'air de la ville est enveloppé d'une brume lumineuse. Avoir vu de nombreux matins semblables, même sans y prêter attention, nous a enseigné que cette brume peut tout à fait se transformer en une chape de plomb humide, en une atmosphère pesante de canicule ; ou bien se dissoudre soudainement, se lever quand le soleil sera haut dans le ciel, et nous permettre de voir les montagnes, limpides et immobiles, lointaines et pourtant juste derrière les toits, dentelées de crêtes enneigées au-delà de l'asphalte de l'avenue, des platanes, des balcons. Les montagnes sont là, quoi qu'il arrive :

elles existent depuis des millénaires, immuables, à l'intérieur de la fournaise polluée qui nous empêche de les voir et peut-être même de les imaginer. Mais, dans la brume, il est impossible de savoir si nous les verrons ou pas ; elles sont là, et elles sont invisibles.

Ces montagnes sont le futur : Mina et son amant s'en parlent, ils se regardent dans les yeux et se téléphonent, s'écrivent et se demandent comment leur vie pouvait être si différente encore la veille, et d'où vient cette perception accrue du présent qu'hier ils n'imaginaient même pas. Dans l'aube de leur amour, ou de leur béguin – allez savoir ! –, on ne distingue encore aucune montagne, et nul ne sait si ces deux-là sont destinés à ne jamais les voir ou si, au contraire, le ciel se soulèvera comme un torchon posé sur une jatte, et qu'au-delà des toits et de la cime des platanes, elles apparaîtront à l'horizon.

Et de fait, les montagnes apparurent, ou en tout cas apparut un gros obstacle au bonheur de Mina. Un jour semblable à tous les autres, Lucio lui annonça qu'il allait partir en vacances une semaine avec Ariane, pendant la fermeture annuelle de la librairie, à la fin du mois de mai (Gianni aimait prendre ses vacances hors saison).

C'était un voyage qu'ils avaient réservé depuis longtemps, et il ne lui dit pas qu'il n'avait pas envie de partir ; il ajouta simplement qu'il espérait que cela aiderait à résoudre certains problèmes qui existaient entre eux, et Mina se surprit à espérer le contraire. Elle se sentit coupable de cette pensée qui, sans qu'elle le voulût, s'était formée dans sa tête, elle la cacha comme un secret honteux, s'obligea à dire que tout était parfait comme ça. Mais soudainement, cet équilibre ouvert et alternatif, ce libertinage relax qu'elle avait jusque-là accepté sans broncher, semblait traversé d'une irrémédiable fissure. Elle fit alors deux choses, ou plutôt trois : elle feignit que son cœur n'était pas en train de se briser dans sa poitrine, et informa Lucio qu'elle allait partir elle aussi, avec une vieille amie.

Puis elle appela la Philosophie, et en moins de temps qu'il n'en faut pour l'écrire, les deux amies organisèrent leur voyage.

Les plaisanteries les plus courtes sont les meilleures

« Vous êtes prêtes, les filles ? »

Self-Help se tenait debout devant la porte, déjà doré d'un bronzage qu'il avait acquis on ne sait où, par cette météo capricieuse. Il portait une paire de Vans d'un blanc aveuglant, un bermuda en jean déchiré et une flamboyante chemise hawaïenne. Ses lunettes de soleil miroir renvoyaient l'image des deux amies, un peu déboussolées, sur le seuil de leur cabane.

« Mais comment ça ? Prêtes pour quoi ? »

Enthousiaste, il agita le sac qu'il portait en bandoulière, d'où pointaient trois tubas fluorescents.

« Le snorkeling ! Vous ne pouvez pas manquer cette occasion ! »

Une fois dépassée la réticence de ces deux rabat-joie, comme Self-Help les appelait affectueusement pour les presser, le trio se dirigea vers la baie.

Mina tirait la tronche, et Self-Help ne se priva pas de le lui faire remarquer. Il essaya par tous les moyens de lui remonter le moral – il tenta même les chatouilles. *Il faut admettre qu'il se donne vraiment du mal*, pensa Mina et elle découvrit, dans son irritation, une pointe de tendresse. Il dut s'en rendre compte, car il se sentit autorisé à lui passer un bras autour des épaules et à reprendre la conversation qu'il avait épiée la veille.

« Alors, c'est quoi cette histoire, mademoiselle ? Serions-nous face à un épineux cas de copains de baise ? » lui demanda-t-il avec un air complice. Voyant qu'elle se limitait à pousser un long soupir, il se tourna vers la Philosophie avec un clin d'œil.

Celle-ci ne l'aurait pas avoué même sous la torture, mais elle était un peu vexée d'avoir été ignorée. C'est peut-être pour cette raison qu'elle se lança dans l'un des plaidoyers au sujet desquels Self-Help, non sans bravade, la mettait toujours en boîte.

« Copains de baise ! Mais quelle expression atroce, qui recouvre un concept tout aussi atroce ! commença-t-elle sur un ton exagérément outré. À une expression aussi affreuse ne peut correspondre qu'une notion fausse, erronée, mensongère. Comme "apéro dînatoire", grands dieux ! Une locution immonde qui ne veut rien dire… ni lard ni cochon. Ça ne doit pourtant pas être si difficile de distinguer un apéritif d'un dîner, si ?

— N… non, fit Mina, qui n'avait jamais pensé à la question en ces termes, mais qui était surtout étonnée de voir son amie d'ordinaire si posée s'enflammer de la sorte.

— À la limite on peut dire "apéritif abondant", ou "dîner frugal", non ? »

Self-Help riait sous cape, et même s'il n'osait pas la contredire, il ne put s'empêcher de montrer, avec un regard éloquent, tout le scepticisme que lui inspirait, d'un point de vue commercial, une formule telle que « dîner frugal ».

« Et puis, poursuivait la Philosophie, imperturbable, on n'est pas nés de la dernière pluie ! Puisque Oscar Wilde le disait, il y a plus de cent ans, que dans la vie tout a trait au sexe, sauf le sexe, qui a trait au pouvoir… Comment peut-on l'ignorer aujourd'hui, de manière aussi spectaculaire ? Quelle arrogance insupportable ! hurlait-elle. Qu'est-ce que c'est que ces pièges, ce nominalisme d'occasion ? (Pardonnez-la : parfois, elle se laissait un peu entraîner par ce lexique particulier auquel elle était trop habituée.) Il existerait donc vraiment des gens qui pensent tout réparer avec les mots, non seulement emprisonner les émotions, mais aussi les sentiments, et domestiquer leur cœur comme ça, sur commande ?

— Le cœur a ses raisons », pontifia Self-Help. Il n'aimait pas laisser passer l'occasion d'une juteuse citation. Malheureusement, il avait beau être certain que cette phrase contenait une seconde partie, il était incapable, à l'instant précis, de se la remémorer.

« Mais vraiment ! Nous vivons une époque où l'amour est traité exactement comme un travail, lequel, par ailleurs, est fort mal traité lui aussi... Il y a carrément des gens qui inventent ces espèces de contrats, identiques à ces contrats précaires à prestation occasionnelle, pour brider le désir... Mais comment peut-on ne serait-ce qu'y penser ? On ne peut pas brider le désir, que diable ! »

Sur ces mots, elle parut inhabituellement contrariée, ce qui laissa Self-Help lui-même un peu perplexe. Tandis qu'il enfilait ses palmes et descendait son masque sur ses yeux, il garda un silence insolite. Et peu avant de mordre dans son tuba, avec un geste qu'il prit soin de répéter deux ou trois fois pour être sûr d'avoir bien montré comment faire aux deux amies – il n'était pas tranquille tant qu'il n'avait pas minutieusement expliqué à tout le monde le mode d'emploi de chaque chose –, il lança simplement à Mina, sibyllin : « Tu dois arrêter d'aimer ceux qui ne t'aiment pas ! »

Comme si on pouvait arrêter sur commande, pensa-t-elle avec un sourire triste qu'elle chercha à cacher sous son masque.

« Rappelle-toi toujours : celui qui ne t'aime pas ne te mérite pas », ajouta-t-il encore, avant de passer directement à la démonstration pratique de l'usage du tuba.

Mina avait envie de pleurer parce qu'elle n'arrivait pas à comprendre, malgré le temps qu'elle passait à retourner ce dilemme dans sa tête, comment on pouvait être sûr de l'amour ou du désamour d'autrui, et de ce qu'il était légitime d'attendre de sa part, comme de ce à quoi on était en droit de prétendre. Manifestement, Self-Help était capable de mesurer avec une précision satisfaisante ces quantités d'amour, d'affection, de respect, et de les associer selon des critères qu'il jugeait infaillibles. Pour elle, en revanche, tout était toujours si flou, confus et emmêlé ! Elle aurait voulu, sincèrement, que ses pensées, ses sensations, ses émotions et même ses sentiments fussent faciles à déchiffrer et à communiquer, comme cela semblait l'être dans la bouche de Self-Help, qui les traitait tels de simples jetons à placer sur un exténuant Monopoly sentimental.

Et si c'était lui qui avait raison ? pensa Mina, tandis que les larmes lui brouillaient la vue dans la gangue en plastique du masque de plongée. Elle ne voyait rien des fonds mais secouait vigoureusement la tête quand leur guide indiquait d'indistinctes formes de vie marine. *Et si Lucio était parti parce que je ne suis rien pour lui, s'il m'utilisait, profitait de moi et que je lui en laissais moi-même la possibilité ?* se demandait-elle, et contre cette seule idée, tout ce qu'elle éprouvait se rebellait, toutes les certitudes qui lui étaient nées de sensations minuscules mais précises, du souvenir d'un regard, d'un baiser, d'un mot prononcé au cours d'un indolent après-midi. Et pourtant… Et pourtant, cette pensée inacceptable l'attirait, d'une certaine façon, comme le fond d'un puits, comme un remous marin, comme un irrésistible tourbillon, hypnotique, de pur apitoiement sur soi.

La leçon de snorkeling la laissa épuisée et découragée.

Dans le bungalow, au sortir de la douche, une serviette enroulée en turban autour de la tête et quelques larmes perlant encore sur les cils, elle dit à son amie, la Philosophie, laquelle feuilletait distraitement une revue, assise sur son lit :

« Je ne suis peut-être qu'en train de me faire du mal, à penser à lui, à m'obséder avec l'idée qu'il est celui que je veux. Il faut que j'arrête de me faire du mal, tu peux m'aider ? »

Et Sophie, encore un peu grognon, lui répondit qu'elle n'arrivait absolument pas à comprendre cette manie de tout moraliser, de se sentir coupable de ce qu'on éprouve, tout simplement, de se forcer à conformer ses propres sentiments à un modèle qu'on croit acceptable ou sain, plutôt que d'essayer de les démêler.

« Tu le saurais, toi aussi, si tu avais vraiment étudié Spinoza, au lieu de faire semblant ! Penses-y, de temps en temps : il se peut, parfois, que ce soit le désir que nous éprouvons qui nous tende vers quelque chose et nous fasse dire que cette chose nous fait du bien. Tu devrais davantage te fier à tes désirs, les écouter, ne pas les chasser comme des mouches en été simplement parce que quelqu'un te l'a conseillé, quelqu'un qui pense que l'amour est une équation, un calcul ou un bilan à garder à l'équilibre. »

Elle avait vraiment l'air de méchante humeur.

Mystères du désir

Baruch Spinoza

Au cas où vous vous interrogeriez sur ce qu'entend la Philosophie quand elle invite Mina à essayer d'étudier vraiment Spinoza plutôt que de se contenter de faire semblant, vous voilà servis.

« L'amour est une joie (c'est-à-dire le passage d'une perfection mineure à majeure) accompagnée de l'idée d'une cause extérieure », a écrit Spinoza, qui définit avec une rigueur géométrique dans son *Éthique* toute la gamme des émotions et des sentiments humains, les ramenant à trois affects fondamentaux, dont ils ne sont que des combinaisons, exactement de la même façon que n'importe quelle nuance de couleur est une combinaison de couleurs primaires : le désir (presque un instinct de survie primaire), la joie et la tristesse. La tristesse est une façon de se nier au monde quand la joie, au contraire, est un élan vers un lien plus intense avec la réalité – cette dernière, pour Spinoza, qui utilise un mot de la scolastique, étant « perfection ».

Une alternative à la passion

L'amour n'est pas nécessairement une passion, c'est-à-dire quelque chose que l'on subit et qui nous livre à la merci de ce que nous éprouvons : Spinoza, en plein XVIIe siècle, invente un concept nouveau, celui de l'*affect*. L'affect est ce qui nous permet de comprendre et de connaître le monde à travers les émotions qu'il suscite en nous. Ainsi, la notion classique et « passive » de *passion* se voit transfigurée par la possibilité de se transformer en un acte de connaissance. L'amour dont parle Spinoza, étant joie, nous rend plus actifs, plus « parfaits », plus immergés dans la réalité ; mais il n'est envisageable qu'en présence de l'idée d'un autre, laquelle coïncide avec le déchaînement de cette joie.

Cette joie est en effet déclenchée par la proximité d'une *cause externe* – l'objet de cet amour, sans lequel nous ne serions tout bonnement pas en train de parler d'amour.

L'amour est joie

Mais, me direz-vous alors, demeure un léger problème. Comment la reconnaît-on, cette cause extérieure ? Comment fait-on pour en avoir le cœur net ? Eh bien, vous en avez déjà une petite idée, je crois : en avoir le cœur complètement net est impossible. Pour tomber amoureux, il faut être disposé à prendre un risque et ne pas se torturer inutilement au sujet des erreurs qu'on commettra, consciemment ou non. Et voilà comment ici, afin d'identifier cette essentielle cause extérieure, le désir peut se révéler utile. Suivons-le comme on suivrait un fil pour s'orienter dans un labyrinthe, comme on chercherait la direction vers laquelle pointe l'aiguille d'une boussole : il nous conduira à la source de la joie particulière qu'est l'amour – une source qui, en vertu d'un étrange court-circuit, est aussi l'embouchure de cette même joie, le point où l'amour se déverse et demande à être recueilli. Suivre son désir n'est pas aussi facile qu'il y paraît ; et on ne peut pas non plus le déchiffrer entièrement : par sa nature, le désir est mystérieux, c'est bien connu. Il l'est parce qu'il se nourrit de notre histoire oubliée, de ce que nous avons été un instant et que nous ne sommes plus, mais qui a laissé des traces plus profondes que nous ne saurions le dire avec des mots.

Thomas Mann

Il y a plus de cent ans, par exemple, dans un sanatorium de montagne, un jouvenceau qui se trouvait là presque par hasard – et qui, sans grande conviction, finit par y rester un bout de temps à cause d'une petite tache humide dans la poitrine, foyer de phtisie – se mit à éprouver une très forte attraction pour une femme belle et distraite qui, quand elle entre dans une pièce, en fait claquer toutes les portes. Avant même de pouvoir échanger deux mots avec elle, il sent un désir inexplicable l'assaillir – un désir qui dépasse de loin la seule beauté de l'inconnue.

Le désir sauvage de Hans Castorp pour Mme Chauchat dans *La Montagne magique* relève du vrai roman policier ; et, comme dans tout roman policier qui se respecte, le mystère s'éclaircit au bout d'un moment grâce à une révélation impromptue. La physionomie de Mme Chauchat a réveillé en Hans un souvenir à moitié enseveli : une journée à l'école, oubliée depuis des années, un adolescent aux yeux obliques, exactement comme ceux de l'étrange jeune femme. Un petit incident insignifiant – lui qui demande au garçon au regard diagonal de lui prêter un crayon –, un moment négligeable au cours d'une matinée semblable à tant d'autres, dont les années ont dispersé le souvenir tel du pollen au vent. Et pourtant, l'échange d'un innocent crayon à papier, pour Castorp, qui a tout oublié par la suite, a marqué un premier éveil de son désir sexuel. Rien de si étonnant, alors, à ce qu'à la simple vue, dans la salle à manger du sanatorium, d'une femme inconnue – autre sexe, autre âge, autre origine, autre condition sociale par rapport au camarade de classe –, sans que le héros en fût conscient, sans aucun calcul de compatibilité, ce même désir, dans un point lointain de son âme, se rallumât.

Tu es le Toi

Il se produit ensuite la chose suivante : Castorp ne réussit à se déclarer auprès de Mme Chauchat que dans une langue qui n'est pas son allemand natal, une langue différente – le français, presque un moyen hypnotique pour reconstruire une pensée aliénée. Et ce faisant, il dit : « *Tu es le Toi de ma vie.* » C'est exactement cela. La femme, comme le camarade de classe de jadis, représente l'altérité, le pôle magnétique vers lequel pointe le désir, perturbé par de continuels caprices ingouvernables, mais ne s'animant vraiment qu'en présence de son objet. Mme Chauchat, en tant que *Toi* de la vie de Castorp, est-elle la personne la plus adaptée, la plus compatible, celle qui concentre le plus de caractéristiques en commun avec lui ? Que nenni ! Mais c'est l'amorce de cette réaction de tension vers un autre que nous appelons le désir.

L'erreur de moraliser le désir

L'idée d'avoir l'obligation, morale, esthétique et vaguement darwinienne, de se choisir un partenaire qui soit le *meilleur*, le *bon*, le plus compatible avec nous – l'idée, en somme, de moraliser le désir – fait soupirer bien des gens, ceux qui sont convaincus (conviction s'accompagnant d'un vague et parfois peut-être même agréable picotement de culpabilité) de choisir toujours les *mauvaises* amours. Cette culpabilité remplace une question à laquelle il serait bien plus utile et intéressant de répondre. *Qu'est-ce que je cherche, qu'est-ce qui me pousse à faire ce choix ?* devraient se demander celles et ceux qui s'accusent d'un comportement autodestructeur du fait qu'ils finissent toujours, éternels récidivistes, par pleurer sur des histoires malheureuses.

Mais l'idée que ce désir puisse, ou plutôt *doive* être moralisé, idée qui nous contraint à souffrir de l'aspect irrationnel de cet acte de désir, le rend aride à la longue, inhibe son sauvage arrachement propulsif : et dans la tentative de l'amadouer, on le gâte un peu puis le maltraite, comme on le ferait avec un enfant au caractère de cochon – lequel, avec une telle éducation, se transformera très probablement en adolescent intraitable.

> *L'unique façon de se donner la possibilité d'aimer, c'est de se sentir libre d'aimer qui l'on veut ; en sachant qu'en le voulant, il n'y a pas d'erreur possible, pas de péché, simplement l'essence du désir.*

4
La bonne distance

> Ils vécurent malheureux, car ça coûtait moins cher.
>
> LEO LONGANESI

Comment comprendre qu'on est amoureux ?

Les jours s'écoulaient – elles avaient déjà dépassé la moitié de la semaine – et Mina, de toute évidence, ne se portait pas comme un charme ; elle se rongeait les sangs et ne dormait pas la nuit, se laissant continuellement surprendre en pleine contemplation muette de son téléphone. Elle tenait bon : il fallait qu'elle tînt bon, et elle y parvenait. Elle soupirait quand elle était sûre que personne ne pouvait l'entendre, mais c'étaient des soupirs si profonds, en réalité, que même les murs les entendaient. Celle qui avait la forme, en revanche, passée sa petite crise le jour de l'initiation au snorkeling, c'était la Philosophie. Elle s'épanouissait telle une pivoine au mois de mai – même si elle était désolée, bien sûr, de voir son amie réduite à cet état ; mais elle avait beau être envahie par l'empathie quand elles parlaient, et baisser la voix en un murmure compréhensif, et sentir son sourire s'effacer et ses yeux s'humidifier imperceptiblement, elle était comme une maison l'été, prête à se remplir de soleil dès que la porte s'entrouvrait ; il suffisait d'une seconde, la plus petite distraction, et elle recommençait à se gonfler d'allégresse et de vie.

Le quatrième jour de leurs brèves vacances, après une nuit de cauchemars d'une rare violence, Mina s'était réveillée d'une humeur noire. Ébouriffée, les yeux cernés, elle lança quelques mots par-dessus sa tasse de café fumant en direction de la Philosophie, resplendissante dans un bain de soleil très court et très rose : « Je préférerais ne pas sortir, aujourd'hui. » Sa voix semblait concentrer toute la fatigue du monde. « Je n'ai pas beaucoup dormi, et je me suis dit que ça me ferait peut-être du bien de rester un peu tranquille ici. »

La Philosophie, qui n'était pas née de la dernière pluie, sentit son cœur se serrer en voyant son amie si mal en point ; mais elle savait également lire entre les lignes, comme on dit, et elle comprenait parfaitement que Mina cherchait à lui communiquer son besoin de solitude. Elle était juste trop bien élevée pour le déclarer haut et fort, et n'aurait pour rien au monde voulu blesser sa confidente.

Bien qu'elle n'eût jamais personnellement eu le privilège de souffrir d'amour, elle savait d'expérience et de ses lectures (à l'eau de rose et pas à l'eau de rose) qu'il est des douleurs qui réclament la présence d'une amie sur le canapé, à côté de vous, idéalement munie d'un paquet de chips XXL à grignoter ensemble, ou d'un pot de glace aux dimensions de petite piscine à finir à la cuillère avant qu'elle ne fonde. La douleur de Mina appartenait à cette catégorie ; mais elle savait aussi que de telles douleurs, exactement comme les hématomes qui s'assombrissent avant de s'éclaircir peu à peu, doivent traverser de nombreuses journées et autant de variations avant de disparaître en ne laissant qu'un vague souvenir. L'une de ces phases est constituée d'une souffrance sourde et apathique, qui, pour s'épancher, nécessite une solitude absolue, abrutissement en pyjama, silence ou musique aux sonorités déchirantes, lectures cathartiques, absorption passive de films mièvres. Elle sentit que c'était cela dont Mina avait besoin, et elle lui fit une caresse sur la tête tandis qu'elle annonçait, sans parvenir à réprimer sa bonne humeur, que pendant ce temps, elle allait faire une promenade sur la plage, vers la baie.

« Aujourd'hui aussi, il y a du snorkeling dans la baie, non ? » demanda Mina, qui était peut-être assommée par le chagrin, mais n'avait pas perdu le nord.

La Philosophie répondit d'un très vague et trop joyeux « Tu crois ? Ce n'est pas plutôt demain ? » pendant qu'elle farfouillait dans ses affaires à la recherche de ses lunettes de soleil, qu'elle trouva et enfila. Puis, dans un tourbillon de mousseline rose, raphia et sourires retenus, elle fut à la porte, lançant à la ronde des « salut » et des « bisous », et Mina resta toute seule.

Un conte de fées

Quand elle se traîna péniblement dans l'autre pièce, Mina vit qu'une pile de livres aux couvertures pastel avait été déposée sur son lit, surmontée d'un Post-it où l'on pouvait lire : « POUR TOI ! » Sophie ne devait pas être totalement sevrée, pensa Mina en se plongeant dans la lecture d'*Offre-moi un conte de fées ;* mais dans sa grande sagesse, elle avait su tirer de sa faiblesse une utilité, pour voler au secours de son amie.

Cette dernière se surprit à penser que le livre n'était finalement pas si mal… et même pas mal du tout. S'oubliant elle-même, oubliant sa douleur et les pensées qui ne lui avaient laissé aucune trêve ces derniers jours, oubliant les nuits blanches et les interrogations, elle se retrouva profondément immergée dans l'histoire d'Amy, « meilleure avec les plantes qu'avec les garçons ». Elle en ressortit au bout de plusieurs heures et quatre cents pages environ. Elle n'avait pas mangé, rien bu, ne s'était même pas habillée ; dehors, soleil, orage et encore soleil s'étaient succédé, et les nuages chargés, se teintant d'un rouge sombre comme le velours d'un rideau de théâtre, annonçaient le crépuscule. Mina, plissant les yeux, regarda la mer depuis sa fenêtre et s'aperçut avec soulagement qu'elle n'avait pas souffert de toute la journée. Elle ne s'était pas infligé l'inspection quotidienne de la galerie de photos parfaites et parfaitement léchées exposant le moindre instant de vie de la blonde et légitime – pour libre et ouverte qu'elle fût – amoureuse de son amoureux. Elle ne s'était pas consumée de doute au sujet des conséquences éventuelles de ses actions, y compris des approches communicatives aussi timides qu'un message ou un coup de fil. Elle n'avait pas torturé son imagination avec des images embellies, comme le sont toujours les souvenirs, ni même de radicaux fantasmes d'abandon et d'adieux.

Elle s'était tout simplement divertie ; elle n'avait pas pensé à elle un seul instant. Et à présent, exactement comme aurait fait la protagoniste du livre, elle allait s'accorder en récompense un somptueux bain parfumé dans la baignoire monumentale qui trônait au milieu de la « salle de toilette » (telle qu'elle était désignée dans le dépliant, d'une manière pour tout dire assez ampoulée) de leur maisonnette.

Le ciel par la fenêtre était maintenant incendié de rouge. Mina chantait (en playback quand elle sentait sa voix lui faire défaut) avec Lana Del Rey et, entre les bulles du bain moussant, elle songeait que sortir de soi-même quand on est au fond du trou n'est pas le pire des remèdes ; mais elle percevait, en même temps, que ces brèves vacances touchaient à leur fin. Ses pensées, tels des oiseaux se pourchassant au coucher du soleil, semblaient tracer sur ce décor de nuages rouges de drôles de cercles concentriques, des spirales de plus en plus serrées : et au centre de ces spirales se trouvait Lucio, ses doutes, leur histoire soudain irréelle et pourtant si vraie qu'elle lui faisait mal, même à des milliers de kilomètres de distance. Elle se dit que, pour essayer à nouveau de s'oublier elle-même, il lui serait peut-être profitable de commencer un autre livre, étant donné que la pile en comprenait au moins quatre ou cinq – elle ne s'était emparée que du premier, comme ça, par pure curiosité. Elle se demanda si elle aussi, pour fuir cette douleur, n'allait pas finir dépendante, comme son amie. Et d'ailleurs, puisqu'elle aussi s'offrait de temps en temps un petit vice, elle tendit sa main vers le paquet et attrapa une fine cigarette – elle n'aimait pas les Gauloises de la Philosophie, trop fortes pour elle. Tiens, la Philosophie. Pourquoi n'était-elle toujours pas rentrée ? L'esprit de Mina, hyperactif et prompt à l'angoisse comme l'esprit de quiconque traverse une période difficile (bien qu'interrompu d'un long bain relaxant dans une baignoire aux Caraïbes), ne tarda pas à se lancer dans de tragiques et hâtives spéculations. La fenêtre ouverte laissait entrer les voix et les bruissements du dehors ; un rire étouffé, des mots indistincts. Mina, pensive, fit tomber sa cendre dans un grand coquillage qui semblait avoir été placé là exprès, à côté de la baignoire, et quand elle se retourna, elle faillit pousser un hurlement.

Elle n'était pas seule ! La Philosophie était rentrée pendant qu'elle était plongée dans ses élucubrations et, faisant preuve de la caractéristique indiscrétion des amies intimes, ne s'était pas gênée pour pénétrer dans la salle de bains. Voilà qu'elle était à présent assise sur le bord de l'ample baignoire, causant une frayeur bleue à Mina, mais affichant sur son visage un sourire si béat, si irrésistible, qu'il prévenait toute tentative de protestation.

Mina s'enfonça aussi profondément que possible dans le bain afin de recouvrir de bulles la nudité dont elle n'avait pas même conscience une seconde plus tôt. L'écume coulait sur son sein et elle devait en permanence se verser de nouvelles bulles sur le téton avec sa main en coupe.

« Ne te couvre pas ! Penses-tu, je ne vais pas me formaliser. »

Il semblerait en effet naïf d'imaginer la Philosophie se scandaliser pour quelques centimètres de peau nue. Dans ses jeunes années, elle avait même été d'une impudeur allègre et dionysiaque, et elle continuait, malgré ses névroses, à ne pas voir de mal à tout ce qui avait trait au corps. « J'en ai une moi aussi, une paire de seins, tu sais ? » Mina n'y avait jamais pensé, et pourtant, le fait ne la surprit pas. Ce n'est simplement pas la première chose à laquelle vous pensez quand vous vous retrouvez face à une allégorie.

« J'ai réfléchi à ton cas, et j'ai trouvé la solution », annonça Sophie, radieuse, comme si de rien n'était.

Pour cerveaux habiles

« La solution ?

— À ton problème ! Enfin, tu vois, à ta situation. »

Elle affichait un sourire inébranlable.

« Tu veux dire que tu as compris ce que je dois faire ?

— Oui et non. C'est-à-dire… »

Mina connaissait cette expression, et elle savait en déchiffrer le sens avec une infaillible précision. C'était celle qui se dessinait sur le visage de Sophie quand elle s'apprêtait à dire quelque chose d'ardu. Toujours, donc, penserez-vous – mais je vous rétorquerai qu'il sortait parfois de sa philosophique bouche des phrases et des concepts d'une simplicité désarmante, à ceci près que, dans ces cas-là, elle n'affichait évidemment pas cette expression. Cette expression trahissait son effort de concentration.

« Tu dois juste le voir, le voir et penser que c'est *une personne.*

— Mais, commença Mina avec un ton extraordinairement patient, en passant le coquillage-cendrier à la Philosophie qui, très satisfaite, venait de lui voler une cigarette, je l'ai déjà vu pas mal de fois et je peux t'assurer que je sais très bien que c'est une personne.

— Tu ne comprends pas ! »

Elle avait encore cette drôle d'expression sur la figure. Manifestement, même si elle avait tenté de le dire de manière simple, ce concept était tout sauf simple, et la sentence qu'elle venait de prononcer, pour le moins sibylline.

« Tu dois *te concentrer sur lui,* pas sur toi, comme tout le monde dit dans ces cas-là.

— Tout le monde qui ? » fit Mina, avec une ingénuité qui l'étonna elle-même. C'était clair, en y réfléchissant : se concentrer sur soi-même avant toute chose était un conseil qui sentait Self-Help à un kilomètre à la ronde. Elle devina d'un coup avec qui son amie avait passé la journée… Et elle devina aussi, avec une marge de certitude raisonnable, qu'elle avait été l'objet d'au moins une partie de leur conversation. Elle n'en prit pas ombrage : s'il y avait une chose pour laquelle tous les deux étaient connus, c'étaient leurs conseils, même s'ils débouchaient sur des voies radicalement opposées. Or, en ce moment, elle avait précisément besoin de conseils.

« Tu n'es pas censée gagner, continua la Philosophie, séraphique. Tu n'as rien à démontrer, tu ne dois te mettre en compétition avec personne. Oublie les photos, les stories, les statuts, la relation compliquée et j'en passe. Mais surtout, même si c'est bizarre, pour comprendre ce que tu éprouves, ce que tu désires, tu ne dois pas penser directement à toi : autrement, tu ne le comprendras jamais. Si tu te concentres juste sur toi, tous tes raisonnements seront voués à l'échec, comme des hamsters dans une roue. Pense à lui !

— Mais je pense déjà à lui, dit Mina, et c'est la raison pour laquelle je ne bois pas, je ne mange pas et je ne dors pas de la nuit… »

Elle rit elle-même de l'énormité de son exagération, et la Philosophie l'imita. Dans cette pathétique liste de symptômes de chagrin d'amour, seul le dernier avait un quelconque lien avec la réalité. Pour ce qui était de manger et de boire, Mina ne se faisait pas prier, et elle le savait très bien.

« Tu ne comprends toujours pas. Tu dois te *concentrer* sur lui en tant que tel ; le voir comme une personne extérieure à toi. Pas lui par rapport à ce que tu es, à ce que tu éprouves, à ce qu'il t'inflige. Pense à lui, lui à l'intérieur des limites de ce qui le rend lui ; à sa vie, celle qui t'est secrète…

— Tu veux dire sa vie avec une blonde de deux mètres qui n'est manifestement pas moi ? »

Cramoisie, Mina se creusait la tête en vain pour trouver une façon de sortir de l'eau sans se montrer à son amie nue comme un ver. Son corps lui inspira soudain une honte féroce.

« Non, tu fais fausse route…

— La vie où il dort avec elle, mange avec elle, se réveille avec elle… »

Mina était horrifiée. Elle n'était pas en colère contre la Philosophie, cependant : elle la connaissait trop bien pour ignorer qu'elle ne lui tenait pas ce discours par méchanceté mais dans une tentative, maladroite et sincère, de lui venir en aide. Elle jaillit hors de la baignoire en un éclair, éclaboussant la pièce de mousse, et se jeta sur le peignoir pour s'y emmitoufler comme si elle avait voulu disparaître à l'intérieur.

« Ne me fais pas dire ce que je n'ai pas dit. Je sais que ce sera une pensée douloureuse : il est juste que ce soit douloureux. Mais pas parce que tu as une rivale, pour ainsi dire, et pas même parce que le hasard a voulu que cette rivale soit blonde et resplendissante. Qu'est-ce que ça peut faire, l'aspect de cette fille ! »

Mina la regardait, affligée, perdue comme un chiot dans le tissu-éponge immaculé de ce peignoir moelleux.

« Ce n'est pas important, on en a déjà parlé. Cette pensée sera douloureuse parce que c'est peut-être la partie la plus tragique de l'amour. Je veux dire ce regard que seul l'amour peut te donner, sur la vie d'une autre personne. »

Mina écoutait en silence ; elle avait la tentation de lui demander pourquoi elle souriait tant et, surtout, d'où lui venait cette sagesse nouvelle, oui, même pour elle qui était la Philosophie en personne – d'ordinaire, elle était si détachée, alors que ces jours-ci, c'était comme si tout l'atteignait, et qu'un rien était capable de l'émouvoir, de la toucher de près. Elle ne demanda rien, toutefois, et se contenta de continuer à l'écouter.

« Ne pense pas maintenant à la situation en elle-même, qui est un vrai bazar, et ne pense pas non plus à toutes les âneries qui circulent : les amours malheureuses, et les mauvais hommes, et l'engagement et l'horloge biologique, etc. Ne pense pas aux blessures, aux responsabilités : il faudra que tu y penses, tôt ou tard, mais *après*. Ne pense pas non plus aux dangers, aux risques, à l'orgueil, aux techniques pour faire en sorte qu'il ne puisse plus se passer de toi. Et ne pense pas à la fidélité, aux promesses, aux répercussions, aux conséquences de ci ou de ça, au risque de demeurer vieille fille, à la liberté et tout le reste. Pense à lui : à ce que tu lui as fait à lui, à ce qui lui arrivera, à la manière dont il le vit lui. Au fond, ton doute est simple, même s'il est difficile de trouver une réponse : tu dois comprendre si tu veux te remettre entre ses mains, pour que ce soit lui qui décide du destin de ce qu'il y a entre vous, ou si tu as trop peur de l'une ou l'autre des décisions qu'il pourrait prendre. Si tu décides de te remettre entre ses mains, tu dis automatiquement que tu es amoureuse de lui, et que tu auras donc la certitude de souffrir, s'il décide de ne pas te choisir toi ; tu souffriras aussi s'il te choisit toi, mais d'une façon différente : c'est la souffrance dont je te parlais à l'instant. Mais si tu te remets entre ses mains, cela voudra dire que tu n'as pas peur, ou plutôt que face à la peur compréhensible que tu éprouves, un courage plus grand est né ; mais tu ne dois pas faire semblant. Les conditions ne te permettent pas de mettre ta sincérité de côté, et c'est bien la chose la plus difficile, dans toute cette affaire. »

Mina était muette et la Philosophie poursuivit son monologue :

« Évaluons à présent toutes les possibilités, dit-elle calmement. Substantiellement, il s'agit de comprendre si, vu ton implication évidente, qui semble dépasser les prévisions et les petits contrats que vous aviez conclus au début, cela vaut la peine de continuer cette histoire. Une partie ne dépend que de toi : tu dois comprendre si tu veux affronter cette décision, en pratique. Si tu ne veux pas, il pourrait y avoir deux motifs : ou tu as peur qu'il te rejette, auquel cas ton orgueil est plus fort que ce que tu éprouves pour lui, quelle que soit la nature de tes sentiments ; ou bien tu as peur qu'il te choisisse. Et si tu as cette peur, c'est parce que tu sais que tu n'es pas amoureuse de lui. Mais en te regardant, ces jours-ci, et en voyant à quoi tu t'es réduite, j'aurais envie d'exclure cette possibilité.

» En tout cas, pour résoudre cette première partie du problème, celle qui dépend de toi, en somme, même si ça te semble paradoxal, il faut que tu ne penses qu'à lui : qu'est-ce que tu associes à l'idée de lui, dans son plus simple appareil, lui tel qu'il est réellement, au fond de lui, à l'idée de sa vie secrète, sa vie lointaine, qui n'appartient qu'à lui ? De la tendresse ou de l'indifférence ?

— Je… je ne sais pas… Je voudrais d'abord comprendre le reste de la question, je m'y perds, là.

— Alors, poursuivit patiemment l'amie, une fois ce point éclairci, si tu penches pour l'indifférence, je te dirais d'arrêter les frais. Mais si c'est la tendresse qui écrase tout le reste… Eh bien, dans ce cas, tu ne peux que te remettre, sérieusement, entre ses mains.

» Mais c'est ici que les choses se corsent. Parce que si tu te remets entre ses mains, la façon la plus facile de le faire, celle qui te viendrait de manière spontanée, c'est la façon passive-agressive – non pas parce que tu n'as pas un beau caractère généreux : ce serait la faute de ce fichu instinct de survie, que vous autres humains avez développé sans la moindre parcimonie… Parfois, l'instinct occupe trop de place, et il t'empêche de voir les choses dans une perspective un peu plus ample, qui prendrait en considération une autre personne. Et ici, si nous parlons d'amour, nous parlons d'au moins deux personnes, pas vrai ? Donc, le mode passif-agressif revient à lui poser un ultimatum. Lui dire qu'il sera soit entièrement à toi, soit rien du tout. Mais malheureusement, il s'agirait d'une arme à double tranchant, même si on ne dirait pas, comme ça.

Si lui, face à cette aride alternative, sous cette pression, ne le sent pas, tu le perds, naturellement. Mais tu le perds *même* s'il te choisit toi, ma puce, s'il le fait à l'issue d'un ultimatum. Toi, si tu as vraiment décidé de te remettre entre ses mains parce que tu es amoureuse de lui, tu le veux en entier, n'est-ce pas ? Alors que de cette façon, tu ne l'aurais pas entièrement. Il te resterait le doute de savoir combien de lui-même il a sacrifié en renonçant, seulement parce qu'il était menacé de te perdre. »

Mina était perplexe, et pourtant, ce raisonnement lui rappelait quelque chose.

Desserrer la prise

« Laisse-moi te raconter une histoire, même si tu la connais déjà. Il était une fois un roi, assis sur son trône, une couronne sur la tête. Deux femmes se disputaient un enfant : chacune disait qu'elle en était la mère, et comme elles n'avaient de cesse de se chamailler, elles décidèrent d'aller trouver le roi. Le roi était sage et proposa alors de couper l'enfant en deux, histoire qu'elles en aient chacune un peu, mais aucune l'entièreté. Il fit un signe à un soldat et ce dernier leva son épée pour couper en deux moitiés parfaites, comme une pomme, le marmot tout nu qui gesticulait dans le vide, tenu par un mollet. À cet instant précis, l'une des deux femmes s'élança pour se jeter elle-même sous le fil de l'épée. Et elle hurla au roi de donner l'enfant à l'autre, celle qui se tenait agenouillée au pied du trône.

» Donc Salomon, qui était le roi, donna l'enfant à la première, au lieu de scier le bambin en deux : à celle qui préférait le céder pourvu qu'il reste entier, entier et vivant, bien que dans les bras d'une autre femme.

» Évidemment, il n'y a ni roi ni enfant, ici ; cette situation n'a rien à voir – ce n'est pas une métaphore de la rivalité entre toi et Ariane, si c'est ce que tu t'apprêtes à dire… Mais je crois que tu es suffisamment intelligente pour l'avoir compris. Les deux femmes, tu dois les imaginer comme deux versions possibles de toi. Laquelle es-tu ? Celle qui est disposée à céder par amour ou celle qui renoncerait à tout juste pour la satisfaction de ne pas voir gagner quelqu'un d'autre, juste pour être sûre de posséder la personne qu'elle dit aimer, quand en réalité, elle la perdrait ? Souviens-toi d'une chose : l'amour, face à la menace de la possession comme fin en soi, est disposé à renoncer. Il n'y a que pour l'amour fallacieux que la possession n'est pas une condamnation, mais une promesse de bonheur – et une promesse fausse, malheureusement.

— Et donc qu'est-ce que je dois faire, en pratique ? »

Mina avait l'impression que sa tête allait exploser. La Philosophie était presque contrariée – comment était-il possible qu'une si bonne amie que Mina eût oublié qu'elle ne disait jamais précisément quoi faire, qu'elle n'aimait pas être brutalement prescriptive, que pour ça, il y avait des gens comme Self-Help ?... Elle aimait surtout, elle, offrir des occasions de réflexions, de doutes, d'interrogations. Mais elle se rendit compte qu'elle ne devait pas, qu'elle ne pouvait pas être aussi avare et impatiente avec Mina. Après tout, cette dernière traversait un moment délicat.

« Déjà, dis-moi si tu as compris ce que tu éprouves en pensant à lui loin de toi. »

Mina ferma les yeux. Elle songea à tous les gestes que, sans y faire trop attention, elle l'avait vu accomplir au cours des semaines, soudainement très brèves, de leur étrange printemps heureux, et elle se demanda s'il allait de nouveau lui arriver de le voir ouvrir une bouteille de vin, pendre son manteau, replier son écharpe avec une méticulosité tatillonne, sortir un ticket de caisse, rire en lisant des phrases tirées d'un livre, caresser le caniche de Mme Scotti. Elle pensa naturellement à leurs baisers, à leurs corps qui savaient se reconnaître au bout de si peu de temps ; mais surtout, elle pensait à ses gestes à lui, à ceux qui n'étaient qu'à lui, ceux qu'elle lui avait tant de fois vu faire du coin de l'œil, précisément parce que ce n'étaient que de petits mouvements irréfléchis, les actions nécessaires et négligeables qui jalonnaient le déroulé d'une vie qui n'était pas à elle, mais à lui. Elle pensa au moment où elle avait remarqué qu'il laçait ses chaussures comme les enfants, en croisant deux boucles de lacet symétriques. La simplicité de l'image l'émerveilla ; c'était comme mettre au jour, pour la première fois, quelque chose qu'elle avait toujours eu sous le nez, mais qu'elle avait été trop distraite pour voir vraiment. Elle pensa à lui enfant, et l'espace d'un instant vertigineux, ce fut comme si elle était parvenue à sortir d'elle-même. Elle fut envahie d'un attendrissement tel qu'elle dut s'asseoir. Elle sentait ses genoux ployer sous la douceur qui, à l'idée de lui laçant ses chaussures dans la réserve de la librairie, comme une vague, l'avait submergée.

Il y a des moments, dans la vie de tout le monde, où les choses que nous avions devant les yeux mais que nous ne remarquions que distraitement, en passant, se révèlent soudain à nous. Ce sont des moments où nous nous retrouvons sans défense, face à quelque chose que nous ne pourrons plus voir comme nous le faisions avant ; Mina vécut l'un de ces moments-là, elle ne l'oublierait jamais.

« Alors ? »

Elle sourit.

« Voilà… je dirais que tu n'as plus le choix, parvenue à cette conclusion. Tu ne peux qu'être sincère. Toutes les astuces, tous les trucs, sont désormais inutiles. Et évidemment, quand je dis que tu ne peux qu'être sincère, n'envisage même pas de le voir comme une stratégie, comme dans ces listes de conseils de séduction, ces phrases type "Montre-toi spontanée", "Force-toi à être naturelle", et autres fadaises ! Tu ne dois pas manier ta sincérité, ce n'est pas une arme. Je répète, pas de trucs. Tu dois simplement te désarmer, maintenant, et ce sera douloureux, mon amie, et comment. Mais tu n'as quand même pas envie de vivre malheureuse juste pour t'épargner, si ? On croit souvent que le malheur est meilleur marché, qu'il ne réclame ni force ni courage, mais ce n'est qu'une illusion d'optique. Il épuise toutes les forces, tout le courage, sans que tu t'en aperçoives ; il te vide et te rend apathique, t'ôte tes désirs. Maintenant, ce sera douloureux, mais comme s'arracher un pansement. Il faut tirer d'un coup sec ! »

Mina objecta, avec un filet de voix :

« Mais… mais il est loin !

— Alors écris-lui ! Et pas un message : une lettre, je ne sais pas, un e-mail, ce que tu veux.

Tu auras besoin de beaucoup de mots », répliqua Sophie, sage. Et elle ajouta, faisant preuve d'une discrétion remarquable : « Je vais m'asseoir dehors, il est des choses qu'il vaut mieux accomplir seul. »

C'était le cas. Mina avait besoin de se recueillir, loin de toute diversion ou distraction, pour essayer de sortir vraiment d'elle-même, de l'abondante forêt d'attentes, de déceptions, de jugements, d'avis et de conseils qui pousse autour de chaque histoire d'amour. La Philosophie lui avait simplement montré le chemin ; elle ne pouvait pas faire plus, et elles le savaient toutes les deux.

Elle avait déjà la main sur la poignée de la porte ; elle se tourna vers son amie et dit :

« Une dernière chose : souviens-toi de cette phrase. Il n'y a que là où tu es aimée que tu peux te montrer faible sans provoquer la force en retour.

— Je ne comprends pas…

— Penses-y deux secondes, tu comprendras. Elle n'est pas de moi : je l'ai chipée à Theodor Adorno, mais si tu y penses, tu constateras à quel point elle est vraie. Et maintenant… assieds-toi, prends une grande inspiration, et écris ! »

Et Mina, alors, s'assit, alluma son ordinateur et écrivit. Les mots s'accumulaient sur son écran

– au départ laborieux, approximatifs, embarrassés ; puis, à mesure que les minutes devenaient des heures, de plus en plus impétueux, comme une cascade, et pendant ce temps, elle comprenait, elle voyait des choses jamais vues auparavant, des choses qu'elle n'aurait jamais pensé pouvoir prendre en considération.

Elle comprenait la force dramatique de la reddition, du lâcher-prise – du moment où, soudainement, se déchire la frénésie de l'orgueil, et où la volonté de gagner à tout prix se révèle pour ce qu'elle est : rien. Elle comprenait la différence exorbitante entre aimer et posséder ; elle comprenait que la tendresse peut être poignante à en faire mal, mais qu'elle confère de la puissance, bien plus que le contrôle. Elle comprenait qu'être vraiment libre, parfois, pouvait aussi vouloir dire soustraire sa vie au plus complet et immaculé libre arbitre. C'était son premier choix de vrai amour. Elle était désarmée, mais résolue. Sa décision était une façon de prendre soin de lui, et aussi d'elle-même ; la seule possible, peut-être, dans une situation si compliquée.

En écrivant, elle voyait, enfin, sa vie à lui ; et elle la regardait avec une douceur qui n'était pas la joie polie et parfaite, lisse comme un galet, que nous nous imaginons quand nous la voyons tel un mirage, ou quand nous nous contentons de l'espérer. C'était une sensation décomposée, presque

Lycée Jean Lurçat 2023-2024

Billet de convocation

L'élève : ....

Classe: ....

Est convoqué :

Le : ....

A : ....H.............

Par:

Proviseur / Proviseur adjoint : ....

CPE : Mme CABALÉ / Mme GAILLIEZ / Mme HATTAB
Mme MESNAGE / Mme PROVO

Secrétariat élèves : ....

Intendance : ....

Assistante Sociale : ....

Infirmerie : ....

PSY-EN / PIAL : ....

Vie Scolaire : ....

Signature:

Document Vie Scolaire

⊕ vendredi 08/03

? : 6h45 → à devoir

⊕ lundi 11/03

jour récupéré

⊕ mercredi 13/03

jour récupéré.

- 2 nuits de mercredi
- 2 nuits de jeudi

douloureuse, profonde et vraie. Elle sentait, certes, l'angoisse de la distance menaçant de les séparer ; mais, d'une certaine façon, cette distance était vaincue par la tendresse qui la poussait à se pencher vers lui. Elle se sentait vivante, et tout lui paraissait avoir une consistance, un poids réel inattendu.

Elle connaissait alors le courage qu'on ne peut trouver que face à la vraie peur. Elle ne s'était jamais sentie aussi bouleversée qu'à ce moment ; c'étaient des sentiments qu'elle ne s'essayait pas même à nommer, et dans la vague qui s'écrasa sur elle, elle trouva la force de rester solide, malgré tout. Elle était dans l'œil du cyclone.

Et depuis l'œil du cyclone, elle lui écrivit une longue lettre.

Quand elle eut fini, elle pressa la touche Entrée, le soleil s'était couché depuis longtemps et une grande lune pleine et ronde, presque rouge, s'était levée dans le ciel. Elle sortit de la cabane.

Tomber amoureux est un acte de courage, pensa la Philosophie, et elle passa un bras autour de l'épaule de son amie. Elle était fière d'elle. Les étoiles de l'équateur brillaient au-dessus de leurs têtes.

L'amour a besoin de réalité

Une nouvelle façon de regarder le monde

S'il vous est déjà arrivé – je vous le souhaite – de tomber amoureux telle une poire bien mûre, vous savez comme moi que l'amour a quelque chose de traumatique : on ne tombe pas amoureux sans voir la vie qu'on menait auparavant totalement bouleversée, sans que cet état déchire de part en part la toile rassurante de nos petites habitudes, qu'on avait tissée avec tant de soin. Ainsi faut-il du courage pour tomber amoureux, comme pour se résigner à la possibilité de toute transformation quelle qu'elle soit.

Il arrive, en tombant amoureux, que l'on acquière de manière inattendue un nouveau point de vue sur les choses. Mais il arrive aussi qu'à ce moment-là, la vieille façon avec laquelle nous regardions le monde nous échappe soudainement.

Pensez à ces fois où vous vous offrez une nouvelle coupe de cheveux – un changement drastique, je veux dire, pas un petit rafraîchissement. Après avoir décidé de faire confiance au coiffeur – sur un coup de tête ou après mûre réflexion, peu importe –, vous vous retrouvez parfois à vous regarder dans le miroir, de bas en haut, sans réussir, après un premier moment de stupéfaction, à vous rappeler le visage que ce miroir affichait une petite demi-heure plus tôt. Vous aurez beau vous torturer les méninges, rien n'y fera.

Ne pas reconnaître les pensées d'hier

Bien sûr, les photographies peuvent fournir des témoignages en pagaille, et ce depuis une infinité de points de vue différents. Mais nous y chercherons en vain le visage que nous avions, le secret, le nôtre, celui du miroir ; celui dans lequel nous nous reconnaissions d'instinct et qui n'existe désormais plus dans l'immédiateté familière à laquelle nous étions habitué – car maintenant, passé le moment d'égarement à la sortie du salon de beauté, c'est le nouveau visage que nous nous attendons à voir une seconde avant qu'apparaisse notre reflet.

Voilà. De la même manière, si vous me pardonnez cet exemple un peu trivial, l'amour, quand il surgit, rend vague et flou le souvenir de notre

Moi précédent : il chasse dans les renfoncements de notre mémoire cette façon soudainement obsolète de penser la vie que nous avions encore une seconde avant de tomber amoureux. Il ne nous la fait pas oublier complètement : il nous arrivera bien sûr d'en retrouver les traces dans les mots et les souvenirs, dans une lettre ou dans la phrase d'un ami, mais aussi dans les gestes, dans les habitudes les plus ténues, dans les pensées d'hier. Et pourtant, le simple fait de devoir accomplir, pour la retrouver, un petit effort inconscient sera la preuve d'un changement irréversible, accompagné d'un léger, peut-être même imperceptible vertige de stupeur – changement qui fera clignoter l'interrogation : mais j'y ai vraiment cru, *moi*, j'ai pensé, j'ai dit cela ?

Simone Weil

Simone Weil a écrit qu'aimer, c'est reconnaître l'existence de l'autre en tant qu'être humain ; et elle a été, avec ces mots, parfaitement spinozienne. Le changement que l'amour imprime dans notre façon de voir, ce changement est imprimé au moment précis où se déclenche *cette* reconnaissance. Notre regard sur le monde est modifié à partir du regard avec lequel nous parvenons à embrasser entièrement la personne dont nous tombons amoureux – à la voir comme une *personne*, éperdument proche de nos yeux, qui peuvent la comprendre, l'envelopper, mais pas la pénétrer, pas l'aspirer, parce qu'ils l'anéantiraient. « Aimer purement, c'est consentir à la distance, c'est adorer la distance entre soi et ce qu'on aime », a également écrit Weil.

Une vie qui ne nous appartient pas

Ce regard qui voit la présence, la minutie des gestes, qui a l'intuition des mystères d'une vie qui ne lui appartient pas mais lui est essentielle, sans cependant vouloir les violer – ce regard est puissant. Et il permet aux amants de maintenir le contact même quand une douleur, une brouille ou simplement la vie semblent vouloir imposer une distance ultérieure, un détachement, une interruption dans la communication et dans la facilité de faire les choses ensemble. Ce regard qui voit mais n'engloutit pas l'autre, tel est peut-être le seul secret d'un amour capable de défier le temps et les difficultés promises – c'est triste, mais c'est ainsi – même à l'histoire la plus idyllique.

Giorgio Caproni

Il ne se consume toutefois pas entièrement dans le quotidien, dans la succession des jours, dans la cohabitation, dans la proximité qui rend parfois un peu myope ; parce que c'est un regard qui voit loin, et peut passer outre les absences, les faire même regorger de détails vivaces, vrais. De nombreux poèmes réussissent à nous montrer la puissance de ce regard, et à nous raconter ainsi l'amour. L'une de ces poésies s'intitule « Dernière prière » et elle a été écrite par Giorgio Caproni. Les mots d'un fils amoureux de la jeune femme qu'a été sa mère avant sa naissance révèlent cette dernière un matin comme les autres, suspendue entre toujours et jamais, saisie par le regard impossible et pourtant plus vrai que nature que le fils pose sur ces gestes passés inaperçus, répétés jusqu'à l'épuisement, interrompus, oubliés – ces gestes qui composent la vie d'une personne même quand nous ne l'avons plus sous les yeux.

Porterà uno scialletto
nero, e una gonna verde.
Terrà stretto sul petto
il borsellino, e d'erbe
già sapendo e di mare
rinfrescato il mattino,
non ti potrai sbagliare
vedendola attraversare.

Elle portera un châle
noir, et une jupe verte.
Elle serrera contre elle
son sac à main, et d'herbe
embaumera déjà et de mer
rafraîchie le matin,
tu ne pourras pas te tromper
en la voyant traverser.

Giorgio Caproni

5
Géométries non euclidiennes

> La virginité est l'idéal de ceux qui veulent dépuceler.
>
> KARL KRAUS

La fidélité est-elle vraiment si importante ?

« Mina ! »

L'air vibrait autour d'elle.

« Mina ! Mais ce n'est pas possible ! »

Bruit de clochettes.

« Mina ! Je compte jusqu'à trois et je tire les rideaux. »

Bruit… de clochettes ?

« Je t'aurai prévenue, jeune fille. Maintenant, ça va être pire. »

La lumière, comme une immense vague blanche, la submerge ; elle tente de serrer très fort les paupières, mais rien n'y fait. Cette clarté laiteuse ne disparaît pas, et même cligner des yeux lui fait mal.

En se protégeant avec sa paume, elle en ouvre un, doucement. Ses cils sont tout poisseux de mascara, parce qu'elle ne s'est pas démaquillée la veille au soir. Évidemment. Malgré les tonnes d'articles qu'elle a lus dans les journaux, les magazines, sur les blogs ; malgré les recommandations de toutes les radieuses sexagénaires et plus qu'elle a connues dans sa vie, elle ne s'est pas démaquillée. Tant pis pour elle. Elle ne s'est pas non plus hydratée avant de dormir, à ce compte-là. Elle a ingéré décilitres sur décilitres de breuvages disparates, certes, mais aucun d'entre eux n'était de l'eau. Pas de doute à ce sujet.

« On dirait un panda ! » s'esclaffe la Philosophie.

Mina assise sur le lit, engourdie et étourdie, le buste émergeant d'une blanche mer de draps froissés, coussins et polochons, laisse tomber les poings avec lesquels elle s'est frotté les yeux. Deux larges auréoles noires les encerclent, prélude aux apocalyptiques conséquences de sa négligence cosmétique – rides ? poches ? perte d'élasticité ? pattes d'oie ? – annoncées par tous ces articles que la veille au soir, éméchée et fière, elle a décidé d'ignorer.

Mais à présent, même si ses yeux la brûlent dans la violente lumière qui a envahi la chambre – la lumière du ciel blanc des matinées sans soleil –, elle commence à discerner ce qui l'entoure : le lit défait, le ventilateur immobile au plafond, les valises béantes par terre (une à elle, trois à la Philosophie, qui soutient que s'habiller relève d'une forme d'expression artistique, au moins autant qu'« interpréter un personnage »), l'ordinateur portable encore ouvert sur la petite table en bambou (il s'est éteint tout seul depuis longtemps), un vase de verre fumé qui déborde de roses rouges à longues tiges, cadeau de Self-Help, lequel ne semble pas capable d'envisager autre chose que les roses rouges à longues tiges dans la vaste gamme botanique des possibles cadeaux à faire aux dames ; mais que lui dire ? Ce n'en était pas moins une gentille attention, même si un billet d'accompagnement un peu plus précis sur l'identité de la destinataire aurait généré moins de bouderie et de bougonnement de la part de la Philosophie. La porte de la salle de bains est ouverte ; et dans l'encadrure, tripotant son téléphone, Mina aperçoit son amie.

« Tu n'es pas en train de me prendre en photo, j'espère ?

— Où est le problème ? Je ne la montrerai à personne !

— Donne-moi ce truc tout de suite !

— Mais pourquoi ? Rappelle-toi que c'est un jour mémorable ! Notre dernier jour de vacances. »

Et voilà, tout à coup, le pourquoi de ce vague son de clochettes. Peut-être que c'est moi qui devrais la prendre en photo, pense Mina, mais elle ne dit rien parce que la Philosophie, si elle aime plaisanter, n'apprécie pas pour autant qu'on se moque de ses choix vestimentaires. De ses choix de look, plutôt. Ou d'*outfits*, comme la corrige Self-Help à chaque fois qu'elle emploie de *vieux* mots tels que « vêtements » ou « tenues ».

Aujourd'hui, elle est toute tintinnabulante. Elle porte des bagues aux doigts de ses pieds nus, dont partent d'interminables chaînes de clochettes d'argent qui s'entortillent autour de ses chevilles, effleurées par l'ourlet d'une longue robe en lin blanc arborant une large encolure bateau froncée par un volant bordé de macramé. Ses bras devraient être découverts, mais un dense réseau de bracelets s'enchevêtre jusqu'à son coude, certains en argent, d'autres en corde, d'autres encore faits de coquillages liés entre eux pas une épaisse ficelle. Impressionnant, le nombre de colliers de petites perles colorées dont la Philosophie, avec une élégante désinvolture, feint d'ignorer l'emmêlement ; impressionnante aussi la quantité de boucles d'oreilles. Au moins un demi-quintal, à vue de nez. Ses cheveux, gonflés et sauvages à cause de l'impitoyable humidité des lieux, tombent sur ses épaules. Elle est très belle, doit admettre Mina, même vêtue de cette improbable panoplie baba cool. Peut-être est-ce même ce look – pardon, cet *outfit* – qui l'illumine à ce point.

« Bohème ! » le définit Self-Help avec un tonitruant enthousiasme en débarquant dans la chambre. Mina, encore trop ensuquée pour réagir, lui lance un vague salut, et Self-Help de commencer à raconter, imperturbable, son expérience au festival de Coachella, et la Californie, et la culture hippie.

« Mais qu'est-ce que tu en sais, toi, tu portais encore des couches-culottes », lui rétorque la Philosophie avec ce soupir classique, nostalgique mais non dénué de douceur, qui lui vient quand elle parle d'époques où elle a été heureuse.

Mystères du discours amoureux

Mina voudrait seulement rester seule un instant, ôter le noir qui encercle ses yeux, laisser le jet de la douche dissiper le brouillard dans sa tête.

Mais évidemment, ces deux-là se sont déjà lancés dans l'une de leurs escarmouches, débattant de Hare Krishna et de non-violence, et parlant – Mina ne peut que le remarquer – comme le font les gens quand ils ont l'impression de confier à l'air qui vibre entre eux non pas des paroles, mais des baisers.

Vous y avez déjà prêté attention ? Cela arrive, lorsque deux personnes sont très attirées l'une par l'autre. De l'extérieur, on pourrait même trouver ça grotesque, tant il est facile de s'en rendre compte et tant, à les observer comme ça, du dehors, leurs symptômes semblent comiques. La bouche discrètement en cul de poule, la très légère torsion du cou qui incline à peine la tête en direction de l'interlocuteur ; les discours, généralement insignifiants, ou en tout cas menés avec une indolence distraite, ponctués d'une riche modulation de pauses et de sourires. Le battement des paupières augmente d'intensité : les cils, comme des papillons inquiets, se baissent et se relèvent, masquant et révélant les yeux au regard un peu flou, liquide, puis soudainement fixe, pénétrant, carrément insolent. Mais de telles conversations, qui de l'extérieur peuvent frôler le grotesque, ne sont en réalité presque jamais ridicules. Parce qu'elles renferment dans leur dramaturgie un secret et qu'il arrive même qu'une tierce personne dans l'assistance – à condition que cette personne ait déjà vécu pareille conversation de l'intérieur, et qu'elle ne se sente pas trop douloureusement exclue de celle en cours – connaisse parfaitement ce secret.

Le fait est que ces entretiens, si éphémères soient-ils, donnent peut-être lieu aux moments les plus enchanteurs qui soient.

Imaginez une petite pergola tout enveloppée de lierre, de jasmin, ou de n'importe quelle autre plante grimpante, en plein été. Vous l'avisez de loin : des guêpes y vrombissent rageusement, peut-être même un bourdon, un frelon, des moustiques et des moucherons ; le soleil de midi tape trop fort, les feuilles se décolorent par endroits. Rien qu'à voir ce refuge herbeux, grouillant d'insectes, vous vous dites alors qu'il vaut bien mieux rester chez soi au frais, allumer le ventilateur ou carrément la clim, vous vous dites que vous n'avez aucune envie de sortir. Et pourtant, cette petite pergola… Vous lui accordez un nouveau coup d'œil furtif, mais rien à faire, vous entendez encore le bourdonnement des insectes, mille fois vous préférez rester à la maison, décidément – il ne faut pas croire, une piqûre de guêpe peut se révéler vraiment méchante. *Comment font-ils, ces deux-là, pour s'éterniser là-dessous, immobiles dans la canicule,* vous dites-vous. Mais voilà : c'est le plus bel endroit qu'il leur a été de connaître dans leur vie. Sous la pergola, la chaleur fait brûler le parfum des fleurs, qui explose et exacerbe la senteur pointue du jasmin, l'odeur chaude de la paille sèche, la rouge douceur des fraises. Sous la pergola, la lumière est verte, liquide, épaisse ; elle est fraîche et les lames de soleil qui filtrent entre les feuilles sont comme de fines stalactites d'or. Il ne fait pas chaud, sous la pergola, on y entend le chant des cigales sans percevoir la morsure de l'été tout autour.

Protégés par la bulle de leur douce conversation insensée, la Philosophie et Self-Help n'aperçurent pas l'ombre qui s'était figée de l'autre côté du mince rideau recouvrant la porte-fenêtre de la véranda. En proie à une migraine féroce mais nécessaire, hélas, pour purger les excès de la veille, Mina non plus, à vrai dire, n'avait rien remarqué.

On frappa à la porte.

« Ça doit être le room service, dit Self-Help, optimiste.

— Mais nous n'avons rien commandé, répliqua la Philosophie, réaliste.

— Oh mon Dieu », fit Mina, apocalyptique.

La stupeur fit trembler sa voix un court instant. Elle venait de reconnaître une silhouette familière dans cette ombre qui, sur le moment, lui fit presque l'effet d'une hallucination. Elle ne pouvait pas se tromper : le profil qui dessinait une forme gris ardoise sur le blanc du rideau, les boucles, la ligne du cou, les épaules, le bras plié pour frapper, elle connaissait tout cela très bien.

Avec un grognement, presque un cri suffoqué que la Philosophie parvint à peine à déchiffrer, et seulement parce qu'elles étaient amies depuis longtemps (« Ouvrez, vous ! »), elle fondit vers la salle de bains, entortillée dans un drap comme dans une tunique car elle avait même oublié, la veille, d'enfiler son pyjama, et avait dormi en culotte. Elle en ressortit un quart d'heure plus tard, boudinée dans le bain de soleil rose de la Philosophie – seul vêtement disponible à l'intérieur, négligemment abandonné sur le porte-serviette, et fort heureusement, parce que Mina, dans le feu de l'action, n'avait pas pensé à emporter de quoi s'habiller. Elle avait enveloppé ses cheveux mouillés dans un turban de tissu-éponge, nouant la serviette immaculée avec une nonchalance désinvolte (en vérité, si elle ne se séchait pas la tête, elle risquait une terrible douleur aux cervicales, et c'était la dernière chose dont elle avait besoin) ; s'était maquillée tant bien que mal, frénétiquement, repassant au khôl la ligne de ses yeux, se jetant sur la face un voile de terracotta qui ne parvenait pas à en masquer la pâleur. Elle avait l'air abattue, effrayée et peu sûre d'elle. Et dire qu'elle s'était tant de fois vue se dirigeant vers ce moment décisif dans un nuage de parfum et de cheveux vaporeux, séductrice et féline. Elle se rendit compte alors que si dans ses fantasmes il lui avait été tellement facile de s'imaginer actrice d'un film, comme se regardant de l'extérieur, et si elle s'était tant attardée à se figurer les détails de son aspect, c'était exclusivement parce qu'elle était sûre, au fond d'elle-même, que ce moment n'arriverait jamais.

Et ce n'était peut-être pas qu'un moyen de conjurer le sort.

Elle se présentait non seulement en retard au rendez-vous, mais impréparée ; et c'était sans doute le seul signe tangible que le moment crucial était réellement advenu. Les événements arrivent en général quand nous sommes occupés à penser à autre chose. La Philosophie le lui avait dit, quelques jours plus tôt, en empruntant les paroles de John Lennon (depuis qu'elles étaient sur l'île, ou plus exactement depuis l'apparition de Self-Help, Mina avait remarqué chez son amie un certain penchant pour la citation brillante : elle en semait d'entières poignées dans les conversations, et probablement que la stupeur admirative avec laquelle le jouvenceau accueillait ces petites démonstrations de prestige n'était pas tout à fait étrangère aux trésors de finesse et d'esprit que déployait la Philosophie).

Comment avait-elle dit, déjà ? Ah, oui : « La vie est ce truc qui vous arrive quand vous êtes occupé à faire d'autres projets. »

Mina n'était peut-être pas encore prête à faire d'autres projets, mais elle avait compris quelque chose : que ce que nous espérons ou craignons par-dessus tout trouvera le moyen de nous cueillir par surprise.

Une surprise

Il n'y eut pas de larmes, ni de course au ralenti, ni d'embrassades. Juste deux sourires brefs, un peu tirés, intimidés, esquissés par deux êtres incrédules de constater que tout cela prenait soudain une tournure réelle.

Mina s'approcha de Lucio avec un ricanement incertain, elle lui donna un baiser sur la joue ; il se leva pour le recevoir, embarrassé, souriant lui aussi à moitié. La Philosophie et Self-Help qui, pensant l'aider, l'avaient fait asseoir sur un pouf en rotin inconfortable au possible s'éclipsèrent habilement tandis que le malheureux ne savait plus où mettre ses jambes.

Lucio et Mina ne se rendirent même pas compte de leur départ. Ils ne remarquaient rien. Debout, à présent, l'un en face de l'autre à une distance à la fois trop petite et trop grande, ils se regardaient dans les yeux sans savoir quoi se dire. Étaient-ils heureux ? Oui, ils l'étaient, mais de la façon dont on est heureux quand on se sent submergé par une émotion aussi imprévue qu'un raz-de-marée, impossible à déchiffrer. Ils étaient là, de nouveau ensemble, et ils peinaient à en prendre conscience. Le temps paraissait ne plus exister : le passé de leur histoire, le passé plus récent de leur séparation, le futur qui jusqu'à hier n'était qu'une hypothèse, rien de cela n'avait de sens, rien de cela ne trouvait sa place dans ce long moment suspendu. Et la soudaine inconsistance du passé et de l'avenir se projetait également sur le présent, devenu d'un coup volatile, insaisissable comme un instant vécu en rêve.

Ils s'approchèrent très lentement : Mina eut le sentiment qu'ils étaient sous l'eau, deux plongeurs sondant les fonds marins et se perdant de vue au milieu du sable tourbillonnant. Mais ensuite, les ombres qui avaient embué ses yeux se dissipèrent peu à peu et elle recommença à le voir, avec son irrésistible sourire de travers, ses boucles décoiffées, ses cernes profonds. Elle s'était oubliée, elle avait oublié la serviette enroulée sur sa tête, la robe trop moulante empruntée à son amie ; tout.

S'habituer à le voir en chair et en os, après avoir intensément pensé à lui pendant des jours, après lui avoir écrit la lettre la plus sincère et la plus difficile de sa vie, cela revenait à sortir d'une longue apnée. Recommencer à ouvrir les bras pour s'arrimer à son étreinte – soudain, maintenant que c'était vrai, elle se rendait compte qu'elle l'avait désappris en l'espace de quelques jours, ne conservant dans sa mémoire qu'une copie terne de lui, plate, en une dimension –, c'était comme remarcher après une immobilité prolongée qui lui aurait rigidifié les muscles. Mina eut l'impression de sentir, pendant qu'elle tendait les bras et levait la tête pour recevoir son baiser (il la dépassait d'au moins dix centimètres), une torpeur douloureuse que le mouvement familier momentanément oublié dissipait telle une main s'agitant pour faire disparaître la fumée.

Pendant ce temps, commères comme seules les personnes curieuses savent l'être, la Philosophie et Self-Help, assis sur la balancelle du patio, se creusaient les méninges et se perdaient en conjectures pour essayer de deviner le pourquoi de ce revirement inattendu. Combien la Philosophie aurait voulu disposer d'un quelconque pouvoir de divination, ou d'un de ces superpouvoirs d'héroïnes de BD, une vision à rayon X – n'importe quoi, pourvu que cela lui permît de *savoir* quelque chose de sûr plutôt que de rôtir ainsi dans l'impatience !

La curiosité était tellement irrésistible, la tension libérée par cette arrivée impromptue, tellement tangible, qu'ils commencèrent sans vergogne à disserter entre eux et à soupeser les hypothèses les plus probables. Ils étaient à des années-lumière de la douceur désenchantée et oisive de leur dernière conversation.

« Moi je sais : c'est la lettre. Tout ça, c'est grâce à la lettre ! » répétait Sophie, rêveuse.

Elle était la première à s'attendrir de cette supposition, qui couronnait de succès sa mission de conseillère improvisée. Cette fois, le mérite du *happy end* lui revenait en partie, pensait-elle en souriant, les paupières indolemment baissées.

« Crois-moi, répondait Self-Help avec un cynisme amusé qui le rendait pour une fois un peu naturel, je te parie tout ce que tu veux qu'il s'est juste fait larguer par sa copine.

— Mais enfin ! Comment tu peux être aussi… aussi aride ? aussi désillusionné ? »

La Philosophie était sincèrement stupéfaite. Voulait-il donc insinuer, ce bellâtre, que son intervention n'avait joué aucun rôle dans ce qu'elle imaginait comme un magnifique finale ? Elle était tellement excitée qu'elle ne se rendit même pas compte qu'elle avait employé un mot qui sous-entendait que son hypothèse à elle, au fond, n'était qu'une illusion. Mais elle (une partie d'elle, au moins) voulait y rester agrippée… D'ailleurs, les films et tous ces romans dont elle avait été longtemps dépendante lui avaient inoculé un goût peut-être un peu trop prononcé pour les dénouements sans ombre, qui allait à l'encontre de chacune de ses plus intimes convictions intellectuelles. C'est bien connu : quand on cultive une fragilité mais qu'on la traite avec une certaine dose d'embarras, on évite en général de s'arrêter pour la comprendre. Rien ne nous rend aussi opaques à nous-même que la honte de nos actions.

« Tu veux jouer à un jeu ? » lui demanda Self-Help avec un sourire en coin plein de sous-entendus qu'elle ne lui avait jamais vu. Et qui le rendait, elle était bien obligée de l'admettre, particulièrement craquant. La Philosophie continuait à avoir la sensation que quelque chose lui échappait. Et lui continuait à sourire, imperturbable.

« Je veux dire, commença-t-il à expliquer en surjouant la patience, qu'on peut vraiment parier sur ce qu'il s'est passé. De toute façon, on finira bien par le savoir. On parie combien ? Cinquante ? Cent ? »

La Philosophie se sentait, d'une certaine manière, tentée par l'idée du pari, bien que la chose l'effrayât un peu et qu'une petite voix à l'intérieur d'elle (oui, elle avait elle aussi son Jiminy Cricket, ou son Surmoi, peu importe le nom que vous voulez lui donner) l'exhortât à la prudence. Vous comprendrez vous aussi que, sujette comme elle l'était à la dépendance, elle eût quelques remords, surtout la partie d'elle la plus rationnelle et catégorique, celle que Self-Help définissait simplement comme « réprimée et coincée », à l'idée de développer une nouvelle dépendance aux jeux de hasard. Ne serait-ce que d'un point de vue économique, cela aurait pu se révéler ruineux ! Au cours des vacances, cependant, elle s'était surprise à penser à elle-même et à ses faiblesses d'une façon un peu plus élastique. Elle pouvait même rire de bon cœur, à présent, de son ancestrale et si enracinée dépendance au romantisme... En somme, un petit pari de rien du tout ne tirerait pas à conséquence, si ?

Mais au moment où elle s'apprêtait à céder à cette proposition insolite et à miser de l'argent sonnant et trébuchant sur le *happy end* immaculé dont elle rêvait, elle se rendit compte à quel point l'idée même de *happy end* était peu réaliste, peu dialectique – peu *elle*.

Elle, précisément, la Philosophie en personne, pronostiquait, voire désirait, un finale plat, sans accroc, monodimensionnel ? Peut-être s'était-elle vraiment ramollie. Peut-être s'était-elle imposé toute seule un drôle de lavage de cerveau, à force d'ingérer en cachette – comme des plaisirs trop coupables pour être intégrés au royaume des réflexions auquel elle consacrait ses exquises énergies intellectuelles – ces doses de romantisme si pures qu'elles s'apparentaient presque à un venin.

Elle s'était déshabituée à penser à l'amour, certes par réaction au fait de se sentir exclue des discours amoureux qu'elle aimait tant, mais peut-être aussi parce qu'elle avait elle-même commencé à considérer l'amour comme une matière de peu d'importance. Voilà pourquoi on pouvait parler de véritable *déséducation* ! Ce n'étaient pas les comédies romantiques ni les petits romans à l'eau de rose qui l'avaient intoxiquée : c'était la façon – compulsive, gloutonne, et surtout gênée – avec laquelle elle avait regardé ces films et lu ces livres.

Comment avait-elle pu – elle ! – prendre pour une liberté de choix la négation de la friction entre désirs et réalité ? Comment avait-elle pu oublier que quiconque, au lieu de vivre, spécule sur des choix théoriques, se berçant de l'illusion d'être complètement libre, se débat dans une mer de possibilités toutes équivalentes mais ne vit pas, et n'est pas libre, parce qu'en renonçant au fardeau de la réalité, il ou elle s'interdit toute vraie liberté ?

« Tu pensais profiter de mes langoureuses rêveries de vieille fille romantique, n'est-ce pas ? » lança-t-elle à Self-Help avec un sourire. Il n'avait cessé de la regarder avec cette drôle de lueur dans l'œil. « Tu m'imagines un peu trop naïve, mon cher, ajouta-t-elle, sournoise. N'oublie pas que j'ai roulé ma bosse, et que j'en ai vu de toutes les couleurs. »

Elle ne s'appesantit pas sur leur différence d'âge : il lui semblait qu'en le faisant, elle l'aurait mis mal à l'aise. Elle chassa même la pensée de son esprit ; elle savait, au fond d'elle, que considérer cette question même sans la prononcer à voix haute aurait dissipé cette subtile électricité qui passait entre eux depuis quelques jours. Lui, très sport, esquissa un sourire et accepta avec une galanterie amusée son refus de l'enrichir d'une coquette somme. Il était sûr, en effet, que s'ils avaient parié, c'est lui qui aurait gagné.

Et il avait raison.

De l'autre côté de la porte, Lucio et Mina s'étaient mis à parler, et il ne s'écoula pas beaucoup de temps avant que ne s'élevât sa voix à elle, étrangement altérée, dans laquelle on distinguait des trémolos éplorés.

Se compromettre

Eh oui… Pendant ce temps Mina était en train d'expérimenter ce que la Philosophie pensait avoir oublié à moitié : le fait qu'il n'existe pas, dans la réalité, de *happy end* sans une petite tache, un double fond, un soupçon d'ambiguïté. Elle croyait avoir suffisamment vécu pour l'avoir appris par elle-même. Or, dans la vie, il en va toujours ainsi :

vous pensez savoir les choses, mais tant que vous ne vous êtes pas pris les pieds dedans, cela reste une connaissance par ouï-dire, une approximative forme de sagesse.

Par exemple, Mina se retrouvait maintenant dans la désagréable situation de devoir décider quoi faire de son orgueil. Et je vous assure qu'il n'y a pas de théorie qui tienne : ce n'est vraiment pas une question secondaire.

Le fait est que Self-Help, cette fois, avait vu juste. C'est vrai, Lucio avait sauté dans un avion pour rejoindre Mina au plus vite. C'est vrai, quand ils s'étaient revus, pendant ce long moment suspendu et vibrant, elle avait eu l'impression, en croisant son regard, de se retrouver elle-même, d'émerger d'une interminable apnée. Mais c'est vrai aussi : cet enchaînement d'événements avait été déclenché par le fait qu'Ariane, pendant leurs vacances, lui avait donné congé sans ronds de jambe.

Mina, pour éviter que cette nouvelle ne la bouleversât trop (était-ce une bonne nouvelle, ou pas ? Elle n'arrivait pas à se décider), regretta que la Philosophie ne pût assister à l'échange. Elles se seraient regardées et auraient dû baisser les yeux pour ne pas rire, parce qu'elles auraient pensé la même chose toutes les deux : cela ne manquait pas de sel, une fille portant le nom d'une jeune femme rendue célèbre pour avoir été abandonnée sur l'île de Naxos par un dieu personnifié, abandonnant à son tour le pauvre Lucio sur une autre île grecque. Rien à dire, une belle vengeance historico-mythologique.

« Elle a dit qu'elle avait besoin d'un break, dit-il en haussant les épaules. Mais je ne suis pas né de la dernière pluie. Je sais que se faire laisser en plan au beau milieu d'une semaine de vacances a une signification incontestable.

— Laquelle ? » Mina aussi, en d'autres temps, avait été plantée pendant une semaine de vacances pour un motif similaire. Mais elle n'avait jamais beaucoup réfléchi à la signification, incontestable ou pas, de ce qui ne lui semblait même pas une excuse mais un euphémisme, une façon gentille de dire quelque chose de triste, la version édulcorée d'un adieu. *Je dois réfléchir, j'ai besoin d'un peu de solitude, la distance nous fera du bien, ce n'est pas toi… c'est moi* : ne s'agissait-il pas d'autant de façons de déclarer, délicatement, ce qui était tout sauf inoffensif, à savoir : *Je ne t'aime plus* ? N'était-ce pas simplement le sobre jargon du désamour ?

« Bien sûr », fit Lucio, comme si elle avait dit la chose la plus évidente au monde. Et elle l'était, en effet. « Mais rappelle-toi : quand on te plante en plein milieu de vacances, surtout de vacances aventureuses, sous la tente, parce qu'on voyage toujours comme ça, nous, c'était une chose qu'on avait en commun, notre goût pour les voyages spartiates... », et il ne parvint pas à se retenir de sourire en parcourant des yeux le fastueux mobilier du bungalow. « Je disais : quand on t'abandonne sur le parking d'un camping, comme ça, sans explication précise, que tu te retrouves suspendu à un fil, menacé par un projet de break, oui, je sais à quoi tu penses ! Le fil d'Ariane, etc. Mais il n'y a vraiment pas de quoi rire ! » De fait, ils riaient tous les deux. Ils étaient un peu nerveux, comprenez-les.

Ils riaient si convulsivement que les deux autres, qui épiaient de l'autre côté de la porte, manquèrent de croire qu'ils pleuraient. Ou plutôt, pour être précis, ils étaient convaincus que c'était Mina qui pleurait : on pense toujours que les femmes pleurent, n'est-ce pas ? Eh bien, loupé. Ils riaient, lui plus fort parce que Mina ne voulait pas sembler trop excitée et qu'elle se retenait, autant que faire se peut. Il leur fallut un peu de temps pour se ressaisir et Lucio recommença à parler :

« Si tu me laisses finir (il gardait les yeux baissés parce qu'il y avait encore de l'hilarité dans sa voix et que s'il croisait son regard, il allait recommencer à se bidonner), quand on te plante comme ça, c'est toujours parce qu'il y a quelqu'un d'autre.

— En effet », fit Mina, et elle se référait à elle-même. « Et donc je lui ai demandé. Il y a bien quelqu'un d'autre, figure-toi, et comment ! Pas une banale sortie de route, pas une toquade, loin de là. Elle est tombée amoureuse de sa prof de yoga. »

Mina était partagée, il y avait une question qu'elle aurait voulu lui poser, mais elle n'osait pas ; elle redoutait trop la réponse.

« J'aurais dû le comprendre, continua-t-il. Avant, elle allait au yoga une fois par semaine, puis deux, puis cinq. En fait, elle était tout le temps au yoga. Et quand elle était à la maison, elle parlait tout le temps de ce que mangeait la prof, de ce que buvait la prof, des techniques de relaxation de la prof, de combien la prof était tonique… J'ai vu ça, oui. »

Était-ce de l'amertume, cette note stridente dans la voix de Lucio ? Mina était désorientée.

« Mais… et le couple libre, votre accord ? »

Ce n'était pas la vraie question qu'elle voulait lui poser, mais il fallait bien commencer quelque part. Sa voix jaillit trop forte, trop aiguë, gorgée de larmes retenues. Même les deux indiscrets de l'autre côté s'en rendirent compte, et sans échanger un mot, se sentirent un peu honteux tous les deux de s'être mis à écouter aux portes. À l'initiative de Self-Help, ils quittèrent les lieux pour s'offrir un apéritif au bar et se « remonter le moral ».

« Apparemment, cet accord ne plaisait pas à la prof de yoga. Et Ariane ne voulait pas lui causer de peine, donc… eh bien, elle a préféré m'en causer à moi. »

Inutile de vous dire que Mina était très déçue. Quand elle l'avait vu arriver, comme le prince charmant – sans cheval ni épée, certes, avec un énorme sac à dos de randonnée et le bout du nez pelé par le soleil ; disons alors, presque comme un prince charmant – inattendu et pourtant espéré, oh… tellement espéré, son cœur avait fait un bond et elle s'était presque sentie suffoquer de joie. Le *happy end* était à portée de main, avait-elle pensé, sans même avoir à en formuler la pensée ; elle l'avait pressenti, avait exulté. Elle était convaincue que l'hésitation, les doutes et jusqu'à la douleur des jours passés, après avoir atteint leur acmé le soir où elle lui avait écrit la lettre, pouvaient enfin disparaître, se dissoudre comme s'ils n'avaient jamais existé.

Au lieu de quoi, voilà à quoi elle avait droit. Et elle souffrait d'autant plus qu'elle s'était bercée d'illusions. Elle s'était bercée de l'illusion qu'il allait librement la choisir elle. Elle s'était bercée de l'illusion qu'elle avait gagné, bon sang, pour une fois.

Or, rien à faire. Elle n'était qu'un second choix. Elle était le plat sur lequel vous vous rabattez au restaurant, quand le serveur vous informe froidement que celui qui vous avait mis l'eau à la bouche rien qu'à la lecture de son nom sur la carte n'est pas au menu ce jour-là. Elle était un lot de consolation, une remplaçante, une doublure. Elle fut alors saisie d'une mauvaise fièvre, celle de la dignité offensée, de l'orgueil blessé. Elle leva le menton, contracta les épaules, le regard droit, hautain et méprisant. Ah, elle allait le lui faire payer, à ce petit arrogant. Self-Help avait raison, elle devait se valoriser bien davantage. Il ne l'aimait pas ? Il ne lui arrivait pas à la cheville.

Le pire, c'est que ce fat imbécile ne se rendait pas compte de la nouvelle posture menaçante qu'elle venait d'adopter ! Il la regardait, oui, il était en train de la regarder, mais il n'avait pas l'air effrayé le moins du monde. Mina se demanda s'il ne fallait pas passer à la manière forte. Une raclée ? Une belle gifle sonore, comme aurait pu en assener une héroïne offusquée dans une comédie sophistiquée des années 1940 – mais administrée avec la main puissante d'une jeune femme totalement empouvoirée ?

Dans sa tête, elle échafaudait de secrets projets de violence que Lucio ne pouvait certes pas deviner. Il lui caressa la joue avec une tendresse profonde et songeuse qui la cueillit à l'improviste.

Elle se sentit confuse, sourit, même si elle essayait de s'en empêcher. Allez savoir ce qu'il avait vu, lui, de Mina, tandis que cette dernière cogitait pour trouver une manière assez agressive d'exprimer sa déception.

Peut-être lui avait-elle paru simplement perdue ; c'est ce que voulait dire cette caresse ? Elle se surprit à penser qu'elle ne saurait jamais, vraiment, comment il la voyait lui. Elle ne pouvait pas contrôler son regard, se protéger. Elle ne pouvait que faire confiance – et soudainement, l'idée de faire confiance lui sembla belle : non plus un hasard, un risque, une imprudence. C'est-à-dire : un hasard, un risque, une imprudence, bien sûr, mais de ceux qui vous font vous sentir heureux. Qui vous donnent une irrésistible envie de vous jeter à corps perdu dans la vie.

Et elle comprit alors autre chose, qu'elle n'avait pas encore mis au jour : qu'en amour, on ne peut pas se protéger, et que personne n'est vraiment à l'abri. Il n'existe ni assurance ni rassurance : on comprend que c'est de l'amour quand sauter sans filet devient plus amusant qu'effrayant. Quand il n'y a pas d'amour, ou que l'amour se retire, le risque apparaît soudain énorme, terrifiant, un gouffre. Mais si l'amour est là, on se rit du danger. Comme c'est étrange.

« Tu sais, lui dit-il, je pensais être triste quand Ariane m'a quitté. Surtout que je ne savais pas quoi lui dire. Il ne m'est rien venu à l'esprit de mieux que de lui demander si le problème était qu'elle aimait les filles. "Qu'y puis-je ?" m'a-t-elle rétorqué. Et en effet, qu'y pouvait-elle ? Je ne savais pas quoi répondre. Il n'y avait vraiment rien à dire. Je me sentais triste, mais surtout désorienté. D'une certaine façon, j'avais la sensation d'être libre et cela me faisait un peu peur. Je ne m'attendais pas à ça, du jour au lendemain... Tu sais, une liberté sans préavis peut faire très peur aussi. Bien sûr, je pensais à toi, mon premier réflexe avait été de prendre mon téléphone pour t'appeler. Mais...

— Mais ? » Mina était prête à exploser. De rire ou en sanglots – elle n'arrivait pas encore à le déterminer. Dans tous les cas, elle était prête.

« Mais j'ai eu honte de moi-même. J'ai pensé que tu allais me voir comme un lâche à la merci des événements... Une espèce de mollasson sans épine dorsale. Que tu allais me mépriser parce que je voulais profiter d'une décision que je n'avais même pas prise moi-même. Que tu aurais dit les choses habituelles : *les hommes ne savent jamais quitter, ils attendent de se faire larguer*, etc.

— Eh bien... » Lisait-il dans ses pensées ? Et pourtant, le fait qu'il eût le courage de dire les choses qu'elle pensait, en effet, les démentait automatiquement. Il n'avait d'ailleurs pas l'air si pleutre, tandis qu'il lui offrait la possibilité de le détruire ; au contraire.

« Mais ensuite, j'ai changé d'avis. Tu allais penser que j'étais un trouillard, ce que tu veux. Et alors ? Je l'ai été vraiment, j'ai été trouillard. Mais j'ai compris que j'allais à l'encontre de moi-même, de ce que je voulais. Et je n'avais pas l'intention de laisser la honte, ou la peur de ne pas être compris par toi, me condamner à avoir vraiment honte, m'empêcher de te connaître.

— Et comment est-ce que tu as compris cette… chose ?

— Quand je me suis rendu compte de mon acte manqué. Enfin, je ne m'en suis pas rendu compte tout seul. C'est Ariane qui me l'a fait remarquer. J'étais parti marcher sur la plage, elle était restée au campement, pour téléphoner à son amante yogi, j'imagine. Il faut que tu saches qu'Ariane est intelligente, et qu'elle comprend bien plus de choses qu'elle n'en dit. Et elle devait en avoir compris quelques-unes avant que j'arrive.

— Eh oui », fit Mina, avec la voix flûtée qu'elle prenait quand elle voulait se moquer de lui. « En plus, mon pauvre, tu es un homme. Comme vous êtes lents, vous autres ! » En l'entendant plaisanter, il s'était un peu ragaillardi ; ils sourirent ensemble. L'hostilité était en train de se dissiper.

« Elle m'a écrit un message que je n'ai pas compris tout de suite. Ça disait un truc du genre : "En tout cas, à mon avis, au lieu de l'appeler dans ton sommeil, tu ferais mieux de l'appeler pour de vrai, cette Mina. Tout serait plus facile." »

Il était peut-être vraiment lent, en effet, pensa Mina qui avait, elle, tout de suite compris.

Bref, il était retourné à la tente. Ariane, pas remuée pour un sou, voire vaguement amusée, lui avait raconté que les dernières nuits, pendant son sommeil, il répétait un prénom, « Mina, Mina… ». La première nuit, surtout, quand elle s'était approchée, il l'avait repoussée en disant : « Va-t'en. Juste Mina » – du moins était-ce ce qu'elle avait cru percevoir. Ariane avait alors hésité à le rouer de coups, endormi ou pas. Elle s'était sentie blessée, exclue, répudiée. Mais au moment précis où elle s'apprêtait à le réveiller au son de plusieurs gifles, au risque de lui causer un début d'infarctus – elle ne lésinait pas sur les détails, en racontant l'histoire, et semblait même éprouver un certain goût à se montrer brutale… Elle était faite ainsi –, elle avait soudain eu l'intuition du grand comique de cette situation.

Elle qui était partie avec le projet de lui parler de la prof de yoga, lui qui étouffait clairement le projet de lui parler de cette Mina... Quel besoin y avait-il de se torturer ? Elle fut prise, au beau milieu de la nuit, d'une attaque d'hilarité.

Elle dut sortir de la tente pour ne pas le réveiller – avec des baffes, pourquoi pas, mais pas avec un fou rire.

« Alors j'ai compris, tu vois, que je me forçais bêtement à nier l'évidence. On a ri ensemble, avec Ariane, tant la situation était absurde. Et le truc le plus dingue, c'est que pendant qu'on riait dans le soir, j'ai vu ton mail. Je l'ai lu hors de la tente, assis par terre. Ariane est sortie au bout d'un moment et elle m'a dit : "Va la retrouver."

— J'imagine qu'elle aussi avait quelqu'un d'autre à aller retrouver. »

Mina tenait à mettre les choses au clair, et elle se fichait de le blesser, d'autant qu'il ne s'agissait que d'une petite égratignure en surface – elle avait beau s'être radoucie, elle sentait encore une question la ronger de l'intérieur, une question qu'elle n'osait pas prononcer : *Et si elle ne t'avait pas quitté ? Si elle s'était opposée, si elle avait lutté, si elle s'était comportée en victime sacrificielle ? Si elle t'avait fait du chantage, toi, qu'est-ce que tu aurais fait ? Tu aurais quand même choisi de courir me rejoindre, si les choses avaient été plus difficiles ?*

« Quand j'ai reçu ta lettre, j'ai compris que tout ce que je voulais, c'était être avec toi. Prendre soin de toi. Tu as beaucoup souffert, pas vrai ? » Il lui caressa doucement les cheveux. « Je ne veux pas que tu souffres. Je le sais, maintenant, vu comment les choses se sont passées, tu te demanderas toujours ce qui serait advenu entre nous si Ariane ne s'était pas inscrite à son cours de yoga, si elle ne m'avait pas quitté la première, et ainsi de suite. Mais ce n'est pas toujours comme ça, la vie ? Une chose arrive, puis une autre, puis une autre. S'il y a de l'ombre, c'est parce qu'il y a de la lumière, non ? C'est toi qui m'as appris à penser de cette manière. Dans la vie, tout se mélange, tout se confond, aucun événement, aucun sujet, aucun objet ne peut parfaitement se détacher de la très longue chaîne de coïncidences qui l'a conduit où il est. Et pourtant, ça marche, le monde tient debout, malgré tout. Imparfait, mais il fonctionne, et on peut même y trouver le bonheur. Bonheur non dénué de petites taches, sans doute, bonheur peut-être pas éternel, mais qui existe, en attendant, et qui est vrai, vivant. Aucune théorie des sentiments ne peut survivre loin de la vie, des choses qui se passent… Tu es d'accord ? » Il parlait presque comme la Philosophie.

« Oui », répondit Mina, et ce fut un grand oui, un oui qui voulait engloutir la chambre, les distances, les doutes, la peur qu'elle avait eue. L'orgueil, cette démangeaison de larmes et d'insatisfaction qu'elle sentait encore quelques instants plus tôt, disparut dans ce oui. Il reviendrait, bien sûr, parce que Mina était une personne plutôt susceptible. Mais tant pis, elle le chasserait de nouveau, ou elle crierait un bon coup, et ça lui passerait. Quelle importance, maintenant ? Ce n'était pas le moment de penser aux disputes. Mina était tout émue, c'était comme si son cœur tremblait, un tremblement doux et profond.

Puis Lucio se chargea de tout gâcher.

« Bien sûr, dit-il, comme s'il allait de soi qu'ils étaient d'accord, nous maintiendrons la règle du couple libre. Avec Ariane, finalement, ça a rendu les choses bien plus faciles… On sait que le couple traditionnel est mort, c'est un vieux machin poussiéreux, un incubateur à névroses ! »

Mina se retint de lui sauter à la gorge. Elle repensa au discours que lui avait tenu la Philosophie, quelques soirs plus tôt. Elle se rappela les mots qu'elle avait écrits dans sa lettre. Et ce qui était vraiment important. Avec fermeté, elle dit simplement : « N'en parlons même pas. »

Il déglutit. Il avait peur, maintenant, même s'il voulait le cacher. Elle le fixa droit dans les yeux et poursuivit sans coup férir :

« N'en parlons même pas, dans le sens que je n'ai aucune intention, dans un moment aussi beau, de me comporter comme si nous devions contracter un prêt, de faire des calculs et des prévisions. Pourquoi prédéfinir ces choses, négocier et marchander ? Je viens de te dire que je te faisais confiance, tu as dit que tu voulais prendre soin de moi. Et donc, ça suffit ! La seule promesse que nous devons nous faire, c'est celle-là : que tant que nous nous aimerons, nous prendrons soin l'un de l'autre, et nous le ferons en nous faisant confiance. Et quand nous ne nous aimerons plus, si ça arrive, nous essaierons autant que possible de ne pas nous détester, de ne pas rendre nos vies infernales et d'être amis, vu que nous nous connaîtrons si bien que même après nous être occasionné quelques déceptions mutuelles, nous pourrons nous comprendre et rire des mêmes choses, quitte à passer outre l'orgueil et l'amour propre, si on y arrive. Je ne suis pas en train de t'acheter ! Et toi non plus, tu ne m'achètes pas ! Nous n'avons pas à conserver le ticket de caisse avec la garantie. Parce qu'on n'a pas besoin de garantie. Essayons de nous rendre heureux, et de le faire de bon cœur : au fond, rien d'autre ne compte. Et pour le reste, fais ce qui te chante et je ferai de même ; j'aimerai aussi ta vie secrète, celle qui me demeurera toujours inconnue, celle que je ne peux qu'imaginer. C'est l'endroit où mon idée de toi rencontre la personne que tu es ; et peu importe que tu aies ou non de vrais secrets, pour moi, une partie de toi restera toujours un mystère, cette partie qui fait de toi… le Tu de ma vie. Pour parler de nous au pluriel, nous serons un Tu et un Je redoublés, pas deux moi additionnés. »

Il était un peu désorienté, mais il la laissa poursuivre. Il savait qu'elle n'aimait pas être interrompue.

« Ce qui compte, c'est l'amour ! Gardons ça en mémoire, mon amour. »

C'était la première fois qu'elle l'appelait ainsi, songea-t-il, et il sentit une douceur et un abandon qu'il n'avait peut-être connus qu'enfant. Soudain, il n'avait plus envie de prendre de précautions. Il pensa qu'elle était la femme la plus étonnante qu'il eût jamais rencontrée. (Du reste, comme nous le rapporte Freud, George Bernard Shaw dit que tomber amoureux signifie surtout exagérer les différences entre une femme et toutes les autres. Et Lucio, à n'en pas douter, était raide dingue amoureux.)

« C'est que moi, je n'arrive pas à comprendre pourquoi la fidélité, parmi tous les aspects compliqués de la vie d'un couple, devrait être considérée comme le seul sur lequel on ne pourrait pas transiger, comme s'il s'agissait d'une valeur absolue et inflexible, une forme de respect essentiel, à laquelle on ne peut pas déroger », continuait Mina. Elle parlait comme un livre imprimé parce que c'était une conversation qu'elle avait déjà eue avec la Philosophie et Self-Help, ces jours-ci, les bluffant tous les deux par son ouverture d'esprit. Mais elle était une fine observatrice. Et elle avait remarqué une chose : que souvent les personnes considèrent la fidélité comme plus essentielle à un couple que l'amour lui-même. Elle trouvait ça sidérant ; et elle n'avait pas tout à fait tort, vous ne croyez pas ?

Mina avait une idée de l'amour expansive. Elle en avait beaucoup parlé avec la Philosophie, quand elle avait enfin compris les obscures définitions de Spinoza. Elle n'arrivait pas à envisager l'amour sous ce prisme parcimonieux, conservateur, qui sous-entend que chacun en aurait à disposition une quantité limitée à dépenser sans gâchis, et à consacrer intégralement, en évitant de la dilapider, à la personne avec laquelle il ou elle aurait décidé d'être en couple. Mina pensait à l'inverse que parfois, pour pouvoir vraiment prendre soin de la personne avec qui on est en relation, il est nécessaire de chercher une voie qui permette de se sentir heureux et vivant, et il peut arriver que ce ne soit pas (ou ne soit plus) possible seulement avec ce quelqu'un aux côtés duquel s'est construit le noyau du couple. Et dans ce cas, s'inventer une façon à soi de rester en équilibre, sans blesser personne, sinon dans cette mesure inévitable quand il s'agit d'amour… Cela serait-il un délit ?

« À mon avis, disait-elle, ce qui se passe quand on n'est pas amoureux mais qu'on reste ensemble malgré tout ne nous concerne pas, si ? Parce qu'on s'aime, nous ! Et on est ensemble pour cette raison, et va savoir combien de temps ça durera... Ce n'est pas de ça qu'il faut qu'on se soucie ! »

Évidemment, elle n'arrivait à dire des phrases de ce genre que parce qu'à l'instant T, l'hypothèse de la fin de cet état de grâce lui semblait absolument inconcevable. Du reste, telle est la perception de l'avenir, chez les amoureux : pas très pragmatique, mais légère. Raison de plus pour tomber amoureux.

« Et puis, d'après moi, poursuivait-elle, quand on est vraiment amoureux, on n'a même pas le temps ou l'envie d'aller voir ailleurs pour s'amuser avec d'autres personnes. » Lucio n'en était pas si convaincu... Mais après tout, elle avait peut-être raison, une fois de plus. Il ne l'interrompit pas, parce qu'il voulait voir où les menait ce discours. « Mais si ça arrive, parce que ça peut arriver... » Il poussa secrètement un soupir de soulagement : si mature et intelligent qu'il fût, il vivait comme tout le monde au milieu de beaucoup de peurs. L'une de ces peurs était la perte de sa liberté : voilà pourquoi il avait toujours voulu se protéger. Avec Mina, maintenant, il sentait que la peur était en train de se dissiper, qu'elle le laissait libre. Ce qu'il ne comprenait pas encore, c'était que son soulagement ne naissait pas des paroles accommodantes et rassurantes de Mina, mais du fait que l'écouter parler, comprendre sa façon de voir les choses, le remplissait d'une allégresse qui, comme un vent chassant les nuages, débarrassait son esprit de vieilles craintes et d'hypothèses appuyées sur un simple socle théorique.

« Je disais, mais tu m'écoutes ? Si ça arrive, il est probable qu'il ne s'agisse que d'épisodes sans importance, dont seul le trompeur, appelons-le ainsi, s'il est assez honnête pour le faire, pourra reconstruire les raisons. Lesquelles, sans remettre en question l'amour pour le ou la conjointe officielle, peuvent très bien être liées à sa vie secrète et bien moins, ou juste de façon indirecte, à la personne trompée… Tu me suis ? Mais il est évident que, si elles sont découvertes, même les incartades les plus insignifiantes peuvent blesser : c'est pour ça que je n'aime pas cette obsession de la sincérité, de la transparence à tout prix, de l'obligation de tout se dire ! Je pense que c'est le trait typique des personnes qui n'arriveront pas à se retenir de tromper, mais qui ne se sentent pas assez fortes pour vivre ce choix (bah, qu'est-ce qu'il y a ? Ne pas se retenir aussi est un choix) comme un secret qui ne concerne que leur propre vie, et pas celle du couple. On traite de lâches celles et ceux qui vivent des aventures à l'insu de leur moitié ; mais n'est-ce pas beaucoup plus lâche, à partir du moment où on se concède une petite fantaisie galante, de s'épargner cette miette de courage et de responsabilité nécessaire pour la vivre en secret ? »

De loyauté et de fidélité

Peur de s'engager et illusions d'optique

Nous sommes toutes et tous attachés à notre liberté – et à juste titre, bien sûr. Seulement parfois, ce que nous appelons liberté ne porte ce nom qu'à la faveur d'un malentendu. De la même manière qu'une fausse fenêtre, peinte sur un mur avec un respect exquis des lois de la perspective, ressemble à une fenêtre mais ne peut être ouverte pour regarder dehors, n'a pas de rebord sur lequel poser des pots de fleurs, bref, ne fait rien de ce que devrait faire une fenêtre, cette liberté en trompe-l'œil ressemble à la liberté mais ne nous rend pas libre.

Souvent, ce petit quiproquo – prétendre ne pas pouvoir renoncer à la liberté mais ne parler en fait que de l'attachement à ses propres habitudes – se révèle dans la rhétorique si répandue de la « peur de l'engagement ». Il vous est arrivé à vous aussi, j'imagine, de l'entendre ou même de l'utiliser. Aucun mal à cela : elle est très à la mode, et ne date pas d'hier. Il s'agit parfois simplement d'une excuse, d'une façon polie de dire à quelqu'un « Désolé, tu ne me plais pas » ou « Tu ne me plais plus ». Mais de fait, elle témoigne d'un choix argumentatif intéressant : cette rhétorique ne fonctionne que pour les personnes authentiquement effrayées par la vie, dépourvues de tout désir de se laisser un peu ébouriffer par les événements, et donc rigides au point de réellement considérer l'amour comme un « engagement » que l'on pourrait sereinement choisir de prendre ou de ne pas prendre. Ce raisonnement, cela va sans dire, ne tient que si l'on n'est pas amoureux : mais une attitude de ce genre est un durable frein à l'amour, et donc, vous me voyez venir, c'est le paradoxe de l'œuf et de la poule.

En somme, la peur de l'engagement est presque toujours inexpugnable, ce n'est donc pas la peine d'essayer de convaincre qui en souffre de la mettre de côté. Si le phobique de l'engagement sort de sa léthargie sentimentale, c'est qu'il a été frappé par un sentiment plus fort que sa peur. Mais inutile d'espérer dans les vertus de la conversation et de la dialectique : elles ne l'ébranleront même pas. Car nous parlons de peur, et non de liberté.

La liberté n'est pas l'indépendance absolue

Être libre, ce n'est pas se sentir constamment détaché de tout lien, ni contraint à une fidélité sans faille à son propre espace. Ce n'est pas non plus obéir aux prescriptions du consumérisme amoureux, qui établit les règles de l'amour en fonction de soi seul – comme si l'amour était un produit à acheter sur mesure, pour qu'il réponde à nos besoins et s'arrange pour les satisfaire du mieux possible. Certes, si l'on s'oublie, si l'on se rabaisse ou si l'on s'humilie en s'obligeant à subir des violences psychologiques, voire physiques, il sera impossible d'être réellement présent dans une relation. Mais préserver sa liberté à tout prix, comme s'il s'agissait d'un réactif chimique risquant d'être contaminé au contact de l'air, cela revient à s'empêcher *activement* de vivre une relation, cela relève d'un choix conscient.

En effet, une liberté absolue, qui reviendrait à définir une situation dans laquelle toutes les possibilités sont envisageables et toutes les portes, durablement ouvertes – cette liberté est symptomatique d'une vie qui n'est pas réellement vécue.

L'importance de la loyauté

Laissez-moi dire une chose impopulaire : la loyauté envers la personne avec qui l'on est en relation est une affaire bien différente de la stricte fidélité, tout comme de l'obligation de sincérité ; c'est pourtant bien plus significatif, car il s'agit d'une attitude qui se prête plus que les autres à l'interprétation par chacun en fonction de ses inclinations, et par chaque couple selon un ensemble de valeurs harmonisées, à l'issue d'une recherche d'équilibre entre des exigences et des caractères différents. Faire preuve de loyauté, évidemment, peut également vouloir dire être fidèle et sincère, si nous avons construit une relation au sein de laquelle il a été entendu que la loyauté impliquait fidélité et sincérité ; néanmoins, ce n'est pas une imposition répressive comme la fidélité à tout prix, ni prescriptive comme la sincérité forcée.

> *Être loyal signifie faire l'expérience de la liberté de se sentir lié, dévoué, et – si on le souhaite – fidèle à une personne, non pas comme une obligation à honorer par contrat, mais comme un choix.*

Cela signifie pouvoir compter sur une confiance qui fait fi de l'arithmétique des erreurs et des mérites. Cela signifie, surtout, chasser enfin ce vieux lieu commun qui assimile le pacte scellé par l'amour à un joug à supporter.

Simone de Beauvoir

« En vérité, que deux individus se détestent sans pouvoir cependant se passer l'un de l'autre n'est pas de toutes les relations humaines la plus vraie, la plus émouvante, c'en est la plus pitoyable », a écrit Simone de Beauvoir à propos du mythe de la dévotion conjugale absolue dans *Le Deuxième Sexe*, un livre révolutionnaire en son temps, hâtivement rejeté comme « dépassé ». Lu aujourd'hui non pas comme un texte sacré, mais comme un texte critique, il a un effet extraordinairement vivifiant, et il permet de mettre en lumière certaines contradictions indispensables que nous avons tendance à oublier.

Pourquoi l'exclusivité d'une relation amoureuse devrait-elle être une peine à purger obligatoirement, et pourquoi se l'inflige-t-on avec le même entrain qu'un régime insipide, auquel on s'astreindrait de peur de ne rien trouver d'autre à se mettre sous la dent ?

Toujours la même soupe

Pensez à l'expression « toujours la même soupe » qui, modulée sur différents tons (de la facétie à la condescendance en passant par la complicité feinte d'un enterrement de vie de jeune fille ou de garçon), recourt à l'image d'un plat quotidien, familier, habituel, pour désigner la sordide monotonie d'une relation. « Toujours la même soupe », dit-on, et l'on sous-entend que la répétition jusqu'à l'usure de repas identiques prive le ménage de tous les mets les plus appétissants, ceux des occasions spéciales – ces derniers étant déjà à eux seuls des occasions spéciales. Mais représenter la fidélité à quelqu'un comme un renoncement continu ou comme une condamnation à vie revient à penser la monogamie comme quelque chose d'obligatoire, de forcé, comme un pacte dont la transgression serait gravissime pour un couple. Fatale.

Le fait est que, comme le révèle la fulgurante boutade de Karl Kraus dans son célèbre aphorisme (« La virginité est l'idéal de ceux qui veulent dépuceler »), ce sont souvent les personnes qui placent la fidélité au-dessus de toutes les valeurs amoureuses qui emploient la métaphore de la soupe, portant ainsi atteinte, par cette légère déloyauté, à la dignité de leur couple. C'est vrai, découvrir que l'on a été trompé cause une douleur immense, l'une des grandes douleurs, possiblement insurmontables, que l'on risque d'éprouver en tombant amoureux. Mais ce risque – avoir le cœur brisé –, nous le courons tous les jours, dans la vie ; et il n'y a pas d'autre remède que la vie elle-même, le temps miséricordieux qui apprivoise le tourment, la force présente en chacun de nous pour nous relever et voir nos blessures se transformer en cicatrices. Ce qui rend tragique le destin du pauvre Charles Bovary, ce n'est pas d'avoir été trompé – il ne serait autrement qu'un simple cocu de comédies parmi tant d'autres – : c'est que sa femme le prend pour un moins-que-rien, et l'humilie en même temps qu'elle s'humilie elle-même.

Bien sûr, tout cela est très facile à dire, bien moins à vivre, et les personnages dont je parle ne sont que de papier, mais réfléchissez un instant : n'est-il pas beaucoup plus triste, à la longue, d'être considéré comme une soupe fade avalée de force que d'être trompé pour un gigot de sept heures ou un chapon aux morilles ?

Épilogue

Où l'on trouvera bien quelque chose

Impossible d'y couper : c'était le dernier soir, ils devaient faire la fête. « Et une fête à thème ! » précisa Self-Help, qui ne voulut rien entendre. Le thème choisi, peut-être avec l'objectif dissimulé de mettre Mina et Lucio encore plus mal à l'aise, était bien sûr l'amour.

Fort de sa très longue expérience d'organisateur de soirées, le drôle de petit diable réussit à impliquer tout le personnel de l'hôtel dans la préparation – quant aux invités, ils ne furent pas particulièrement nombreux, la saison étant ce qu'elle était, mais la rubiconde escorte de touristes allemands fraîchement débarqués de l'aéroport se joignit unanimement à la fête, avec un enthousiasme aussi contagieux qu'inexplicable. Un énorme cœur en feuilles de bananier tressées fut suspendu au luminaire du bar, transformé en salle de danse pour l'occasion. Self-Help, qui savait tout faire, avait manifestement mis sur pied dans l'après-midi un atelier de confection que n'aurait pas renié une vraie costumière de théâtre. Au cours de mystérieuses expéditions à la supérette du village, il s'était procuré épingles, aiguilles, fils, papier crépon de toutes les nuances, aquarelle, carton et une impressionnante quantité de mousse en caoutchouc.

À présent, le barman préparait des cocktails, torse nu dans un curieux pagne maintenu par une grosse épingle à nourrice, qui faisait penser à la couche d'un inquiétant bébé hypertrophié. Attachées à ses épaules voletaient deux ailes en carton recouvertes de coton, entre lesquelles pendouillaient un arc et un carquois rempli de flèches à ventouse. Self-Help s'était personnellement chargé de façonner les ventouses en forme de petits cœurs rouges, une à une, avec une paire de ciseaux à bouts arrondis.

Mina et Lucio avaient essayé en vain de s'opposer à cette idée – mais ils étaient tellement heureux, ce jour-là, que leur bonne humeur semblait finalement assez imperturbable. D'ailleurs, cette bonne humeur ne fut pas entamée non plus quand, après les avoir bombardés d'idées et de propositions, Self-Help les obligea finalement à revêtir d'énormes costumes en mousse recouverts de papier crépon rouge. Ils représentaient deux homards ; les mains enfoncées dans deux gants de cuisine, ils tournaient en rond en se tenant les pinces.

« Quel rapport entre les homards et l'amour ? » avait naïvement demandé Lucio. Self-Help, après avoir poussé les hauts cris de rigueur devant tant d'ignorance, lui révéla le caractère monogame de ces crustacés (il passa toutefois sous silence le fait qu'il avait puisé cette information, fact-checkée ensuite sur le site de *Science & Vie*, dans un épisode de *Friends* qui ne manquait jamais de l'émouvoir aux larmes).

« Hum... De toutes les belles choses que l'on peut dire sur notre amour, je n'aurais pas forcément choisi de commencer par la monogamie », s'apprêtait à répondre Lucio, mais il laissa tomber et préféra serrer la pince de Mina avec son gant de cuisine. Ils se sourirent l'un à l'autre parce qu'ils savaient qu'ils avaient une fois de plus pensé la même chose au même instant, et Self-Help se détourna avec suffisance.

« Et lui ? Il s'est cassé la tête toute la journée et il ne s'est même pas déguisé ? » demanda Lucio à son amoureuse, tandis qu'ils regardaient l'organisateur de la soirée rebondir dans une paire de baskets fluorescentes. Il portait un jean blanc moulant, une chemise rose en satin synthétique et une cravate violette au nœud trop large, comme à chaque fois. Ses lunettes miroir, bien qu'il fût neuf heures du soir, lui donnaient l'impassible allure d'un moniteur de ski.

« Je n'avais pas compris non plus, répondit-elle, alors je lui ai posé la question tout à l'heure.

— Et… ?

— Il a dit qu'il se déguisait en Lui-Même ! Parce que pour lui, s'aimer soi-même est la condition préalable à toute forme d'amour possible. »

Ils éclatèrent de rire à l'unisson. « Bon, il n'a pas tout à fait tort », concéda Lucio. Et Mina, se rappelant combien il avait été pesant, au début du séjour, de fréquenter Self-Help, débarqué par surprise, et combien sa compagnie était devenue agréable, même s'il restait toujours trop « solaire » et « volcanique » (les deux adjectifs avec lesquels il aimait se décrire, à tel point qu'il les avait même imprimés sur la carte de visite qu'il avait, à juste titre, épinglée à la poche de sa chemise pour compléter sa panoplie), et un peu *too much*, ajouta : « C'est comme s'il avait soudain découvert l'autodérision… Comme si, contre toute attente, il avait développé un certain sens de l'humour. »

« Et à qui revient le mérite, à ton avis ? » rétorqua Lucio en faisant mine de la chatouiller avec sa pince. Mina se mit à rire de bon cœur parce qu'elle s'attendait à un compliment – elle s'attendait à ce que le mérite lui revînt à elle. Elle était un chouïa égocentrique, voyez-vous.

« Quand on parle du loup ! s'exclama cependant Lucio. Elle, la seule, l'unique qui a su insuffler le sens de l'humour à un individu spécialement programmé pour se prendre au sérieux. » Et il la désigna de sa pince, au moment où elle entrait par la porte du patio.

La Philosophie venait d'arriver et le silence se fit dans toute la salle, exactement comme cela avait dû se passer pour Cendrillon. Elle sourit et alla s'asseoir sur un haut tabouret du bar, croisant ses jambes gainées de cuissardes noires et brillantes. Elle portait une robe que Self-Help lui avait cousue de ses propres mains – y avait-il vraiment quelque chose qu'il ne savait pas faire ? – en assemblant un justaucorps blanc et une jupe bleu clair avec une paire d'anneaux en or. Il avait même découpé deux grands hublots latéraux, laissant ses hanches découvertes, comme dans le film. Et, allez savoir comment, il lui avait également dégotté une perruque blonde, sous laquelle était dissimulée la longue chevelure rousse de la Philosophie.

« Mais… qu'est-ce que c'est que ça ? Elle est déguisée en prostituée, ou quoi ?! » La stupeur dans la voix de Lucio fit éclater de rire Mina et Sophie, que la première avait rejointe pour la serrer dans ses bras.

« Mais non, ignare ! En Vivian, de *Pretty Woman* !

— Techniquement, intervint Self-Help, surtout par solidarité envers ce pauvre Lucio si vertement mouché, le jeune homme n'a pas tout à fait tort...

— C'est mon film préféré, fit la Philosophie en soupirant. Et je ne comprends pas pourquoi, pendant trente ans, j'ai eu si honte de l'admettre. Du reste, personne ne me croyait quand je disais que j'avais une passion viscérale pour *Le Septième Sceau* ! Ce film m'angoisse, un point c'est tout ! »

Puis ils insistèrent pour qu'elle chantât quelque chose. Tout le monde savait qu'elle avait une voix magnifique.

En vraie diva, la Philosophie se fit prier, mais après quelques petits verres habilement glissés sous son nez par le Cupidon derrière le comptoir, elle céda. On lui tendit un ukulélé. Tout le monde avait le teint rouge et la mine surexcitée. Le comité des retraités allemands semblait au septième ciel. Une dame s'écria, en anglais, que la chanson devait respecter le thème, qu'il fallait une chanson d'amour.

La Philosophie se trouvait à nouveau embarrassée – que chanter, que choisir ? – alors qu'autour d'elle des voix impatientes s'élevaient comme une marée. Elle aurait souhaité disparaître, s'arracher à cette bouffonnerie : qu'est-ce qui avait bien pu lui passer par la tête pour accepter autant de shots de cet hypnotique rhum au miel, spécialité de l'île, selon Cupidon ? Mais alors qu'elle était sur le point de prendre la fuite, quitte à feindre un malaise et disparaître en douce, elle croisa le regard de Mina, au milieu du cocon de mousse rouge qui l'enveloppait.

Elle vit qu'elle lui souriait, l'encourageait ; comprit qu'elle était fière d'elle. Alors, d'une voix basse et rauque, elle se mit à chanter, d'une part pour impressionner tout le monde, d'autre part parce qu'elle aimait cette chanson, l'une des chansons d'amour les plus cruelles et les plus tendres jamais écrites :

Je t'aime et je crains
De m'égarer
Et je sème des grains
De pavot sur les pavés
De l'anamour…

Et en chantant le refrain, elle avait les yeux arrimés à ceux de Self-Help, et elle pensait que oui, elle avait craint de se perdre quand se perdre était impossible ; mais maintenant, maintenant qu'elle le risquait vraiment, elle ne ressentait plus une once de peur.

À la fin de la fête, il s'approcha d'elle et lui dit doucement, à l'oreille : « Qu'est-ce qu'on va faire, à partir de demain ? Il faut reprendre le service, je vais travailler à temps plein… Je suis très sollicité, tu sais ce que c'est, et puis, j'ignore si notre condition allégorique nous permet vraiment de vivre des histoires d'amour… Tu vois ce que je veux dire ? » Il avait les yeux baissés, et paraissait très gêné.

« Eh bien, répondit la Philosophie avec douceur, on trouvera bien quelque chose. »

La morale de l'histoire

Je suis désolée de vous laisser ainsi sur votre faim, si la faim vous est venue, mais il n'y a tout bonnement pas la moindre morale à cette histoire.

En fait, si l'on voulait jouer les sophistes, on pourrait déclarer que la seule morale possible, ici, est qu'il n'y en a pas. En contrepartie, il y a une fin, qui n'est pas exactement une fin heureuse, mais pas non plus une fin ouverte. Disons qu'il s'agit d'une fin ouverte et heureuse, mais on ne sait pas combien de temps elle durera. Un jour, une semaine ? Ou bien « ils vécurent heureux et eurent beaucoup d'enfants » ? On ne sait pas. Et on ne peut pas non plus faire de pronostics, même approximatifs : chaque amour est différent, et la vie est fougueuse et insaisissable.

Mais la scène finale, si l'on regarde bien, contient un minuscule enseignement – pas une morale, d'accord, mais tout de même. Plutôt une idée à méditer de temps en temps, lorsque vous vous retrouverez face à un doute, à un choix, à un carrefour, ou peut-être – espérons que non, mais ce sont des choses qui arrivent, en amour – à un chagrin, et que vous ne saurez pas quoi faire au juste. Vous pourriez alors essayer de vous rappeler une chose : aimer n'est pas posséder, mais voir grandir la joie d'être au monde avec quelqu'un d'autre, qui reste un Tu.

Ne soyez pas déçu si, à la fin de ce petit livre, vous n'avez pas trouvé de véritable morale. J'ai délibérément choisi – la Philosophie me l'a conseillé – de ne pas vous en vendre une, quand bien même elle ne m'aurait rien coûté, parce que je ne voudrais pas que vous ayez ensuite la tentation d'utiliser cette même morale, extorquée à votre dévouée voix narrative, pour trouver une nouvelle règle à laquelle obéir, un modèle auquel vous comparer et vous conformer. Je voulais simplement vous donner un aperçu de cette drôle d'histoire, vous parler un peu d'une autre vie que la vôtre, et vous prouver qu'il n'est pas nécessaire de fourrer une morale partout – même dans un petit conte philosophique. Je vous demande pardon ? C'est une perte de temps, dans ce cas ? Qu'à cela ne tienne, vous le récupérerez un jour, car, comme le rapporte M. de Montesquieu, il y avait autrefois un homme très sage qui s'appelait John Locke et qui disait : « Il faut perdre la moitié de son temps pour pouvoir employer l'autre. »

Conseils raisonnés pour une petite bibliothèque amoureuse

Et voilà ! Si vous êtes arrivé jusqu'ici, si vous avez suivi mes aventures jusqu'à la fin – qui semble heureuse, pour l'instant, mais ensuite, allez savoir : on ne peut jamais rien prédire, dans la vie, alors autant prendre le risque –, c'est peut-être que le sujet vous intéresse vraiment. Pas ma vie amoureuse, non : l'amour. Contrairement à mes deux compagnons de voyage, je ne suis pas, comme vous avez pu le constater, une as du conseil théorique ou pratique ; je suis trop sujette à cet étourdissement qui nous saisit toutes et tous, humbles mortels, quand nous nous retrouvons au beau milieu de l'action et que nous ne savons pas trop de quel côté nous tourner, mais qu'il faut bien danser quand même.

Cependant, si vous êtes ici, si vous avez vraiment envie de lire sur l'amour, je peux peut-être vous donner quelques conseils. Appelez ça « déformation professionnelle » : je me limiterai à ce que je connais le mieux, c'est-à-dire les livres. Ceux qui sont indispensables pour comprendre un peu mieux l'amour ; ceux qui, à mon avis, racontent les plus belles histoires d'amour de tous les temps ; et ceux qui peuvent vous divertir lors d'un après-midi ou d'une soirée mélancolique. Une petite bibliothèque amoureuse peut toujours être utile, quel que soit l'usage que vous comptez en faire : elle peut vous aider à étudier ce qui vous trouble, à vous réfugier dans une histoire, à tomber amoureux d'un personnage de papier ; elle peut aussi servir d'armoire à pharmacie en vous offrant des remèdes pour vous sentir immédiatement un peu mieux lorsqu'un mal d'amour vous frappe, qu'il s'agisse d'un simple chagrin ou d'un cœur brisé. Les livres, vous le savez, peuvent guérir, à leur manière.

♠ Éducation sentimentale

Romans, comédies et récits qui illustrent, de bien des façons différentes, ce qu'est l'amour

Louisa May Alcott, *Les Quatre Filles du docteur March*, traduit de l'anglais par Janique Jouin de Laurens, Paris, Gallmeister, 2020.

Jane Austen, *Raison et Sentiments*, traduit de l'anglais et édité par Sophie Chiari, Paris, Le Livre de Poche, « Classiques », 2019.

—, *Emma*, traduit de l'anglais et édité par Pierre Nordon, Paris, Le Livre de Poche, « Classiques », 1997.

—, *Orgueil et Préjugés*, traduit de l'anglais et édité par Sophie Chiari, Paris, Le Livre de Poche, « Classiques », 2011.

Leonard Cohen, *Jeux de dames*, traduit de l'anglais par Michel Doury, Paris, Bourgois, 2002.

Jeffrey Eugenides, *Le Roman du mariage*, traduit de l'anglais par Olivier Deparis, Paris, L'Olivier, 2013.

Gustave Flaubert, *Madame Bovary*, édition de Thierry Laget, Paris, Gallimard, « Folio classique », 2001.

Natalia Ginzburg, *Ti ho sposato per allegria*, Turin, Einaudi, 2010 (non traduit).

Johann Wolfgang von Goethe, *Les Affinités électives*, Paris, Gallimard, « Folio classique », 1980.

James Joyce, « Les Morts », in *Dublinois*, traduit de l'anglais par Jacques Aubert, Paris, Gallimard, « Folio », 1993.

Milan Kundera, *L'Insoutenable Légèreté de l'être*, traduit du tchèque par François Kérel, Paris, Gallimard, « Folio », 1984.

Thomas Mann, *La Montagne magique*, nouvelle traduction de l'allemand par Claire de Oliveira, Paris, Fayard, 2023.

Marcel Proust, *Du côté de chez Swann*, édition d'Antoine Compagnon, Paris, Gallimard, « Folio classique », 1988.

—, *La Prisonnière*, édition de Pierre-Edmond Robert, Paris, Gallimard, « Folio classique », 2022.

Sally Rooney, *Conversations entre amis*, traduit de l'anglais par Laëtitia Devaux, Paris, L'Olivier, 2019.

Philip Roth, *La Tache*, traduit de l'anglais par Josée Kamoun, Paris, Gallimard, 2002.

—, *Portnoy et son complexe*, traduit de l'anglais par Henri Robillot, Paris, Gallimard, 1973.

Arthur Schnitzler, *La Nouvelle rêvée*, traduit de l'allemand par Philippe Forget, Paris, Le Livre de Poche, 1991.

William Somerset Maugham, *La Passe dangereuse*, traduit de l'anglais par E. R. Blanchet, Paris, 10-18, 1985.

Léon Tolstoï, *La Sonate à Kreutzer*, traduit du russe par Sylvie Luneau et Boris de Schloezer, Paris, Gallimard, « Folio classique », 1974.

♠ Amours dessinées

BD et romans graphiques qui font la même chose

Carlo Ambrosini, Mauro Marcheselli e Tiziano Sclavi, *Il lungo addio (Dylan Dog n° 74)*, Milan, Sergio Bonelli Editore, 1992 (non traduit).

Guido Crepax, *Histoire d'O*, traduit de l'italien par Dominique Grange, Paris, Delcourt, 2010.

Manuele Fior, *Cinq mille kilomètres par seconde*, traduit de l'italien par Christophe Gouveia et Nicolas Elmer Mathieu, Genève, Atrabile, 2015.

Jul' Maroh, *Le bleu est une couleur chaude*, Grenoble, Glénat, 2010.

Andrea Pazienza, *Amore mio. Storie 1981-1983*, Rome, La Biblioteca di Repubblica-L'Espresso, 2016 (non traduit).

Tony Sandoval, *Doomboy*, Conches, Paquet, 2013.

Posy Simmonds, *Gemma Bovery*, traduit de l'anglais par Lili Sztajn et Jean-Luc Fromental, Paris, Denoël, 2000.

♠ Il suffit de ne pas appeler ça *guilty pleasure*

Chick lit et assimilés

Hester Browne, *The Runaway Princess*, New York, Gallery Books, 2012 (non traduit, mentionné au chapitre 4 sous le titre de la traduction italienne *Offre-moi un conte de fées*).

Candace Bushnell, *Sex and the City*, traduit de l'anglais par Dominique Rinaudo, Paris, Albin Michel, 2000.

Helen Fielding, *Le Journal de Bridget Jones*, traduit de l'anglais par Arlette Stroumza, Paris, Albin Michel, 1998.

Karen Swan, *Noël à Tiffany*, traduit de l'anglais par Anne Rémond, Gennevilliers, Prisma, 2020.

♠ Jouons les sophistes

Un peu de philosophie (mais aussi de sociologie et de psychologie) pour mieux comprendre beaucoup de choses, parmi lesquelles l'amour

Theodor W. Adorno, *Minima Moralia. Réflexions sur la vie mutilée,* traduit de l'anglais par Éliane Kaufholz et Jean-René Ladmiral, Paris, Payot et Rivages, 2016.

Francesco Alberoni, *Le Choc amoureux. Recherches sur l'état naissant de l'amour,* traduit de l'italien par Jacqueline Raoul-Duval et Teresa Matteucci-Lombardi, Paris, Pocket, 1992.

Roland Barthes, *Fragment d'un discours amoureux,* Paris, Seuil, 1977.

Kate Bolick, *Spinster: Making a Life of One's Own,* New York, Crown, 2016 (non traduit).

Simone de Beauvoir, *Le Deuxième Sexe,* Paris, Gallimard, 1949.

Denis Diderot, *Jacques le Fataliste et son maître,* édition d'Yvon Belaval, Paris, Gallimard, « Folio classique », 2006.

Sigmund Freud, *Trois essais sur la théorie sexuelle,* traduit de l'allemand par Philippe Koeppel, Paris, Gallimard, 1989.

Carlo Ginzburg, *À distance. Neuf essais sur le point de vue en histoire,* traduit de l'italien par Pierre-Antoine Fabre, Paris, Gallimard, 2001.

René Girard, *Mensonge romantique et vérité romanesque,* Paris, Hachette, 1982.

Stephen Greenblatt, *Renaissance Self-Fashioning: From More to Shakespeare,* Chicago, The University of Chicago Press, 1983 (non traduit).

Leger Grindon, *The Hollywood Romantic Comedy,* Hoboken, Wiley-Blackwell, 2011 (non traduit).

Eva Illouz, *Pourquoi l'amour fait mal,* traduit de l'anglais par Frédéric Joly, Paris, Seuil, 2012.

—, *Hard Romance.* Cinquante nuances de Grey *et nous,* traduit de l'anglais par Frédéric Joly, Paris, Seuil, 2014.

Karl Kraus, *Dits et contredits,* traduit de l'allemand par Roger Lewinter, Paris, Ivrea, 1993.

Ronald D. Laing, *Nœuds,* traduit de l'anglais par Claude Elsen, Paris, Stock, 1971.

Herbert Marcuse, *Éros et Civilisation,* traduit de l'anglais par Jean-Guy Nény et Boris Fraenkel, Paris, Minuit, 1963.

Platon, *Le Banquet,* édition et traduction de Luc Brisson, Paris, Flammarion, 2018.

Jean-Jacques Rousseau, *Les Confessions,* Paris, Gallimard, « Folio classique », 2009.

Renata Salecl, *La Tyrannie du choix,* traduit de l'anglais par Sylvie Taussig, Paris, Albin Michel, 2011.

Baruch Spinoza, *Éthique,* traduit par Pierre-François Moreau, introduit et annoté par Pierre-François Moreau et Piet Steenbakkers, Paris, PUF, 2020.

Simone Weil, *La Pesanteur et la Grâce,* Paris, Plon, 1948.

♠ Développement personnel

Car il ne vient pas toujours nuire

Ella Berthoud et Susan Elderkin, *Remèdes littéraires. Se soigner par les livres*, traduit de l'anglais par Philippe Babo et Pascal Dupont, Paris, Lattès, 2016.

Ute Ehrhardt, *Les filles sages vont au ciel... les autres où elles veulent ou Pourquoi la gentillesse ne mène à rien*, traduit de l'allemand par Laurence Caillarec, Paris, Calmann-Lévy, 1998.

« Mais comment ça ? » fit la Philosophie, chiffonnée. « Tu ne mets pas un film ? » Et sans attendre la réponse, elle prit un papier et un stylo et se mit à écrire :

♠ Sur écran

Dix films d'amour en ordre dispersé, que vous ne vous repentirez pas d'avoir vus et revus

Maudite Aphrodite (Woody Allen, 1995)

Beaucoup trop pour un seul homme (Pietro Germi, 1967)

Nos plus belles années (Sydney Pollack, 1973)

Le Canard à l'orange (Luciano Salce, 1975)

Harold et Maude (Hal Ashby, 1971)

Sapore di mare (Carlo Vanzina, 1983)

Quatre mariages et un enterrement (Mike Newell, 1994)

Nous nous sommes tant aimés (Ettore Scola, 1974)

The Lobster (Yorgos Lanthimos, 2015)

Borotalco (Carlo Verdone, 1982)

… Ah, et naturellement, mais vous le savez déjà :

Pretty Woman (Garry Marshall, 1990)

Titanic (James Cameron, 1997)

Pour en savoir plus
sur les Éditions Plon
(catalogue, auteurs, vidéos, actualités...),
vous pouvez consulter
www.plon.fr
www.lisez.com

lisez!

et nous suivre sur les réseaux sociaux

Editions Plon

@EditionsPlon

@editionsplon

Pour plus d'information :

#lisez! engagé
www.lisez.com
Imprimé sur du papier issu de forêts gérées durablement.

CET OUVRAGE A ÉTÉ ACHEVÉ D'IMPRIMER SUR ROTO-PAGE
PAR L'IMPRIMERIE FLOCH À MAYENNE EN JANVIER 2024

N° d'impression : 104023
N° d'édition : P31676/01
Imprimé en France